魔導師は平凡を望む

32

エルシュオン
ミヅキの保護者。親猫扱いされるイルフェナの第二王子。あまりに高い魔力と敵に対する容赦のなさから魔王と呼ばれている。
香坂御月
（コウサカ ミヅキ）
気がついたら異世界にいたドＳな女性。異世界人の魔導師という立場故、問題に遭遇しやすい。周りからは鬼畜魔導師と恐れられる。

登場人物紹介
アルジェント
淡い金髪に緑の瞳を持った美形騎士。
ただし、『自分より強い者に苦痛を与えられることに悦びを感じる』という変態。
クラウス
長めの黒髪に藍色の瞳を持った美形騎士。ただし、魔術にしか興味がなくミヅキに職人扱いされる。
ゴードン
ミヅキの第一発見者。
元宮廷医師でありエルシュオンも幼い頃から、色々と世話になっている。
魔術師の弟子
ゴードンの友人の魔術師の弟子。ミヅキたちが行う【オカルト】の実験に巻き込まれるが……？

目次

プロローグ

――イルフェナ・騎士寮の食堂にて（エルシュオン視点）

「……ということなのです。どうか、ご協力を」

　私と向かい合って座っているゴードンはそう言うなり、頭を下げた。私達の周囲には護衛と称した騎士達がいつも以上に控えているため、部屋の隅のテーブルで『彼』と会話――多分、今回の案件の仕込みだろう――をしているミヅキ達からは見えないはずだ。

　ゴードンには幼い頃から、色々と世話になっている。だからこそ、珍しく私を頼ってきた今回の一件も力になってやりたかった。

　そう、力になってやりたいのだが――

「……。協力するのは構わないが、問題は『彼』に自覚させる方法だろう。医者である君も、魔術師である黒騎士達も良い案が思い浮かばないため、ミヅキの案を試すということだけど」

　ちらりと、ミヅキ達の方へと視線を向ける。聞こえてくるのは、どこか楽し気なミヅキの声。

「では、順番に怖い話をしていくんだよ」

『へぇ……異世界、それも魔法がない世界なのに、不思議ですね。それだけで降霊術が成り立つなんて意外です』

「オカルト文化は結構、根付いているからねぇ……。参加者達で百の怖い話をする『百物語』、学校での定番なら『七不思議』かな。こっちは『全てを知ると良くないことが起きる』って言われているけど、人の噂っていい加減だから、一か所に七つ以上あることも多いよ」

『先生が生きておられたら、きっと興味津々だったでしょうね。あの方は魔術師らしく好奇心旺盛でしたから、検証とか始めそうです』

「そういう人だったんだ？」

『はい！　先生は凄い人ですから、単なる異世界の怖い話で終わらせはしませんよ』

ミヅキが話しているのは異世界のオカルト文化だそうだ。大人しく話を聞いている青年――つい先日亡くなったゴードンの友人の助手――は素直な性格らしく、ミヅキの話を好奇心いっぱいに聞いていた。

ゴードンの友人であり、『彼』の先生は、偏屈と言われてこそいたが、優秀な魔術師だった。人付き合いは碌にしないような性格だったらしいが、面倒見は良かったのだろう……命の恩人ということを抜きにしても、弟子である『彼』はたいそう師を慕っていたらしく、かの魔術師殿に対し、無条件の尊敬を向けている。

「異世界におけるオカルト文化、ねぇ……。今回みたいなケースは珍しいだろうし、系統的には合っているような気がしなくもない。ただ……確実とは言えないだろう」

「ええ。私も少々、困っているのです。まったく、あいつは最後の最後にとんでもない問題を託していくのですからなぁ……」

「そこは信頼の表れと思えばいいじゃないか。私やクラウス達と親しく、魔導師を名乗っているミヅキとも接点がある。何より、君の思考は柔軟だ。滅多なことでは驚かないし、不可思議な事態も受け入れることができるだろう。そして何より、『己の好奇心優先の選択をしない』という信頼があったんだ。言い方は悪いが、総合的に考えても最良の選択だったと思うよ？」

本気でそう思う。私がかの魔術師殿の立場であっても、『ゴードンに託す』という選択をするに違いない。何より、この案件には信頼が必須じゃないか。

そう考えると、少しだけ気分が良かった。ミヅキや騎士達が正しく評価されていたことに加え、あの魔術師殿は私にも信頼を向けていたということなのだから。

思い出す限り、私が彼と親しくしていたという記憶はない。だが、悪評に惑わされずに実力を評価し、信頼に値する相手としてくれたならば、その期待を裏切りたくはなかった。

私のそんな気持ちを察したのか、ゴードンはどこか嬉しそうに目を細めると、再度、頭を下げる。協力する、という意思は汲み取ってもらえたらしい。

そして頭を上げた時、ゴードンの表情は一変していた。真剣さが窺えるその表情に、私や騎士達も問題に向かい合うべく表情を改める。

「ミヅキが言っている『百物語』ですが、百話語らずとも、『何か』が起きる場合があるそうなんです。ですから、今回は七話でいこうと思うのですが」

「まあ、百の怖い話と言われても、語るだけで時間がかかるだろうからねぇ」

私やゴードンも含め、騎士達全員でやるなら、一人二話ほど話せばいい。だが、この世界はそれほどオカルト文化とやらが根付いていないため、話の種類は多くない。

オカルト好きを自称するミヅキならば一人で百話語れそうだが、それもどうかと思うので、ゴードンの案は的確だろう。

「では……」

「ミヅキも乗り気なようだし、やってみようか。そうだね、とりあえず今回の語り部は……私、ミヅキ、アル、クラウス、双子、そして……君、かな」

「おや、私もですかな？」

「人の生死に立ち会う機会の多い医者ならば、怖い話の一つくらいは知っているだろう？」

そう言ってはいるが、そればかりが理由ではないと気付かれているに違いない。

「これは君の亡き友が、君に託した案件だからね。責任を全（まっと）うしなよ」

私に頭を下げるだけでなく、ミヅキ達を巻き込むほど価値のある友人だったのだろう？

最期の願いを何としても叶えてやりたいと、思うような人物だったのだろう……？

人付き合いこそ苦手と聞いているけど、かの魔術師殿はきっと優しかったに違いない。なにせ、残していく弟子の未来を憂い、ゴードンに託すような人なのだから。

その時点で無責任ではないのだが、それだけではなく、かの魔術師殿は――

「……」

弟子を置いて逝った魔術師殿の心境を想い、目を伏せる。私とて、『親猫』と呼ばれているのだ。その背に庇い続けた存在が可愛くないはずがない。

「ミヅキ」

「なぁに、魔王様」

呼びかければ、即座に声が返ってくる。そのことに満足しつつ、私は続けた。

「折角だから、試してみないかい？　ミヅキ曰くの、『オカルト』とやらを。ああ、君も一緒にどうかな？　君の『先生』だったら、好奇心のままに食いついてくるだろうし、弟子である君だって興味があるんじゃないのかい？」

「え……で、では、宜しくお願いします」

『先生』という言葉に釣られたのか、『彼』は私の申し出を受けた。その後がどうなるかは……『彼』……いや、私達次第なのだろう。

第一話『イルフェナであった怖い話（？）』其の一

——イルフェナ・騎士寮にて（魔術師の弟子視点）
ある日、とある王子様がこう言った。
『ミヅキ曰くの、【オカルト】とやらを試してみたいんだよね』

どうやら、彼の庇護下にある異世界人の魔導師から、元いた世界の文化を聞いたらしい。なんでも、一部屋に集まった者達で順番に怖い話をしていくのだとか。

中には七つ目を知ると恐ろしい目に遭うという、『七不思議』とやらも存在すると聞いた。

『魔法との違いが判らないと、黒騎士達も興味を示していてね』

呪術にも等しいように思えるそれに、殿下直属の騎士達もまた興味を示し、それを試してみたいと言われてしまったようだ。

そして、私にもそこに同席し、聞き手として記録を残して欲しいという。

……まあ、私はずっと『先生』――魔術師に助手として仕えていたので、殿下の言う『魔術とオカルトの違い』とやらも、それとなく文章に纏められると思われたのだろう。

何のことはない、私が適任だっただけ。

魔術の知識があり、かの異世界人の魔導師への偏見も接点もない私ならば、第三者としての見解を持てると踏んだのだろう。

勿論、断ることはない。それに……亡くなった『先生』もそういったことに対して、興味を持っていたのだから。

ただ、『先生』の場合はそこまで興味がなかったか、相性が悪かったらしく、きちんとした研究ではなく、興味程度で終わってしまったようだったが。

ま、まあ、死霊術などに傾倒されるくらいならば、平和的でいいと思うけど。

『では今夜、騎士寮で行なうよ。私も参加するし、食堂で行なうから、そこに暮らしている騎士達も聞きに来るだろうけど……事前に語り手として頼んでいるのは数名だ』

『万が一、何かあっても、私の騎士やミヅキが居るから大丈夫だと思うよ』


……。


殿下は己の騎士達だけでなく、異世界人の魔導師殿を随分と信頼しているようだ。その表情と言葉からもそれは窺える。

そんな関係は、私と『先生』を嫌でも思い起こさせた。自然と、胸が温かくなっていく。

『先生』との時間は、私にとってかけがえのないものである。学のない私に、『先生』は本当に多くのことを教えてくださった。

やがて『先生』の仕事を手伝うようになり、『先生』が亡くなる頃には、家族のような信頼関係を築けたと思っている。

きっと、殿下にとって、あの騎士達や魔導師殿もそういう存在なのだろう。まして、殿下が居るならば、危険な目に遭うこともあるまい。

そう認識すると、私の緊張もゆるゆると解(ほど)けていった。たとえ呪術紛(まが)いのものだったとしても、これならば大丈夫だろう。漠然とだが、そう思えた。

『じゃあ、夜にね』

そう告げられて、話は終わった。仕事のある騎士だけでなく、私も部屋を後にする。

そして、約束の時刻となった現在――

「おいでませー！　さあさあ、七不思議の会が始まりますよ♪」

「ミヅキ、煩い」

「酷ーい、魔王様！　私は最高のエンターテイナーとして、場を盛り上げたいだけですってば！」

騎士寮を訪ねた私を出迎えたのは、楽しそうな魔導師殿と呆れたようなエルシュオン殿下。

初めて目にする遣り取り、そして殿下の姿に、呆気に取られていると……今度は双子らしき騎士達の声が聞こえてきた。

「ミヅキが居るだけで、怖さが薄れるよな」

「何かが出ても、クラウス殿達やミヅキに玩具にされる未来しか見えん」

……。

私は一体、何をしにここに来たのだろうか？

はて、『オカルト』とやらは所謂、怖い話だったはず。それが『玩具』とは。

……。

あれか？　魔導師が世界の災厄と言われるように、この騎士寮に暮らす魔導師の日頃の行ないが恐ろしい……とか？

「ふふ、騒がしくて申し訳ございません。ですが、いつもの微笑ましいじゃれ合いですから、ご容赦を」

『は、はあ……』

「どうぞ、ご着席ください」

冷や汗を流す私を見兼ねてか、物腰穏やかな青年――アルジェント殿が席を勧めてくれる。

食堂は意図的に薄暗くしてあるらしく、夜ということもあって人がそれなりに集っているというのに、どこか不気味に感じた。

「それじゃあ、始めようか」

やがて、その場に集った者達の顔を見回した殿下から開始の合図を受け。

――『七不思議の会』とやらが始まった。

※※※※※※※

『誇り高き騎士ならば』（語り手：アルジェント）
おや、私が一番手ですか。
そうですね……まず、事前情報としてお伝えしなければならないのですが、私は魔法が使えません。ですから少々、不思議なことが起きても、魔法との違いが判らないのですよ。

今回、話して欲しいと仰っているのは、ミヅキ曰くの『オカルト』という分野なのでしょう？

ご満足いただけないかもしれませんが、私自身が不思議に思っている出来事……というものなら、多少はありますよ。

それでも宜しいですか？

……そうですか。それでは、お話し致しましょう。


ご存じのように、私は騎士としてエル……エルシュオン殿下に仕えております。ですが、騎士となるためには数年、騎士学校にて学ばねばなりません。

これはどれほど才能があろうとも、どのような身分の生まれであろうとも、絶対なのです。

……ええ、身分を問わず、騎士を志す者全てが通わなければならないのですよ。他国はともかく、イルフェナは実力至上主義ですから。

勿論、身分を問わずに優れた才を持つ者にチャンスを与える……という意味もあります。ですが、どちらかと言えば、騎士となった後のことを想定しているのだと思っております。

先ほども申し上げたように、イルフェナは実力至上主義なのです。

ですから、貴族の身分を持つ者の上官が元民間人……ということもあり得るのですよ。

騎士となった時点で騎士爵は持っておりますし、上官となられるくらいですから、功績もそれなりにあるでしょう。ですが、生粋の貴族というわけではありませんので、時には見下している貴族籍の者もいるのですよ。

……まあ、そのような輩は圧倒的な実力差を見せ付けられ、己の不甲斐なさを痛感する羽目になるのですが。

それ以降も戯言を口にするようでしたら、貴族階級出身の騎士に諫められますけどね。

『実力至上主義のイルフェナにおいて、貴族階級に生まれながら、その程度の実力しかないなど、恥ずかしくないのか！』と。

大抵はこれで大人しくなりますよ。騒げば騒ぐだけ、恥を晒すことになりますし。

まあ、ともかく。

そのような状況で学び、騎士としての在り方を身に付けていくのです。教師や先輩達からの厳しさは、『生き残れ』という無言の応援と思っております。

今でこそ比較的平穏ですが……ほんの二十数年ほど前までは忌々しい戦狂いが猛威を振るっておりましたからね。その傷は深く、多くの者達に恐怖と怒り、そして後悔を刻み付けました。

後悔することが不思議ですか？　……ええ、そうですね。そう思われても仕方ないでしょう。

ですが、『戦によって受けた傷跡』というものは決して、敵による攻撃に付随するものばかりではないのですよ。

もしもあの時、もっと強かったら。

怪我で後方に送られず、前線の仲間達を支援できていたら。


勿論、それは『もしも』という可能性の意見でしかありません。ですが、その可能性が決して不可能ではない場合、当事者には何時までも消えない後悔として残るのです。

当時は何処の国も必死に抗うのみでした。当然、我がイルフェナも無傷では済みません。多くの同胞が国を守り、散っていったと聞かされております。

ですが、彼らの命を賭した忠誠と意地があってこそ、今があるのです。騎士として、また貴族としても尊敬できる、偉大な先輩方ですよね。

そのような血塗られた歴史があるせいでしょうか……国境にある砦は特に、不思議なことが起こると言われているのです。


曰く、『誰もいないはずの見張り台に、人影が見える』。

曰く、『転た寝をしていると、誰かから【油断するな】と声を掛けられる』。

曰く、『捕らえた賊が【殺せない奴がいた】と怯える』。

他にもありますが、この三つがよく言われているものですね。

……え？　『恐ろしくはないのか？』ですか？

どこに恐れる要素があるのでしょう。少なくとも、この三つは先輩方……騎士として散っていった偉大な先輩方のことだと思っております。

事実、これらの出来事に遭遇した者達は恐怖よりも安堵を覚え、それが噂に聞く怪異だと知ると、いっそうの鍛錬に励むと聞いておりますからね。

だって、そうでしょう？　死してなお国を守り、後輩達を気にかけてくださる英霊達ですよ？

それほどに忠誠心厚い方達の片鱗に触れる機会を得たならば……それほどの忠誠を見せ付けられたならば。

『我も』と奮起するのが騎士というもの。偉大な先輩方の背を追い、彼らに恥じぬ騎士であろうと思うでしょう。

そのように考える者が大半だからでしょうか……『偉大な先輩方』は有事の際、再びこの国に舞い戻り、共に戦ってくれるという噂があるのです。

実のところ、これは過去に砦が襲撃された際、捕らえられた賊の証言にも登場しているのです。

――『暗闇をものともせず、応戦した騎士達が居た』と。

当時、砦の守りを担っていた者達は剣戟の音を聞き、即座に応戦態勢を取ったそうです。

……後日、『誰も』その剣戟に参加していなかったことが判明したそうですが。

私の話はこれで終わりです。恐ろしいと言うより、誇らしい話になってしまいましたが……まあ、一応『オカルト』ではありましたよね。

さあ、次の話へと向かってください――

第二話『イルフェナであった怖い話（？）』其の二

――イルフェナ・騎士寮にて（魔術師の弟子視点）

「……」

アルジェント殿の話が終わると、静寂が訪れる。怖い話ではない……だろう。うん、確かに『誇らしい話』と言った方が良いかもしれない。

この国の歴史と言うか、数十年前までの大陸の情勢は私でも知っている。滅びていった国も当然あり、イルフェナは運良く存えることができた一国だ。

ただ、私のように『運良く』などと言えるのは、直接、戦場に関わらなかった者だけなのだろう。当事者達にとっては、苦い記憶と言えるのかもしれなかった。

それほどに……当時を生きた者達は必死だったと、そう伝え聞いているのだから。

『今』があるのは、命を賭して、国を守り切った存在があってこそ。

そんな当たり前のことすら、日々の平穏に忘れかけていたのだと思う。

アルジェント殿とて、当時の戦場を直接知っているわけではないだろう。だが、幼い頃の不穏な空気は覚えているのではないだろうか。

厳しい表情の両親、帰って来ない親族達……幼子（おさなご）の不安を煽（あお）る要素は十分過ぎたはず。

そういった過去を踏まえ、アルジェント殿は騎士を目指したのかもしれない。エルシュオン殿下という主を得ているのだ。必要とあらば、彼もきっと躊躇（ためら）わずに戦場に赴（おもむ）くだろう。

「アルが話したのは、割と有名な話だよね」

「おや、エルも聞いたことが？」

「ああ。慰霊のため、赴くこともあるからね。自然と、そういった話も耳に入ってくる」

エルシュオン殿下の発した言葉に、アルジェント殿だけでなく、周囲の騎士達の雰囲気が柔らかくなった。

騎士が戦うのを当然と思うのではなく、その誇り高さと忠誠心に感謝し、王族が真摯（しんし）な祈りを捧げてくれるのだ。嬉しくもなろう。

「さあ、次の話にいこうじゃないか。まだ始まったばかりだからね」

エルシュオン殿下の言葉に皆は雑談を止め、次の話へと興味を募らせた。

※※※※※※※

『真相は闇の中』（語り手：クラウス）

……。

……ん？　ああ、俺が次の語り手か。

今一つ『オカルト』とやらの基準が判らないが、とりあえず話をしよう。

世間一般に知られているように、魔術師は研究職でもある。当然、好奇心や向学心といったものが強い。時には、寝食を忘れて研究に没頭し、命を落としてしまう者が出るくらいだからな。

……ああ、一応、そうならないための対策はあるんだぞ？

魔力の使い過ぎを防ぐために魔石を携帯するのは勿論のこと、空になった胃を満たすために必要な食糧を所持するのは常識だ。日持ちするものならば、傍に置いておけるしな。

研究に没頭するあまり、生命維持の必須条件である食を忘れた上、体力・魔力共に消耗すれば……当たり前だが、死ぬだろうな。衰弱死も納得、と言ったところか。

ミヅキ曰く、『魔法を使う』という行為は、魔力や体力だけでなく、『カロリー』とやらを非常に消耗するらしい。

魔力を使い続けるうちに体力と共にそれらを消費して飢餓に近い状態に陥り、結果として、体が衰弱した状態になってしまうのではないか、とのことだ。

まあ、納得できなくはなかった。俺自身、心当たりがあるからな。

行儀が悪いと言われてしまうが、魔術師は継続して魔法を使い続ける場合、食料を口にしながら行なうことがある。

不思議なことに、その間はどれほど食べようとも、腹が満たされることはない。

だからこそ、ミヅキの仮説に納得できてしまったんだ。普通ならばあり得ないことだろうからな。


……それで、だ。

俺が話すのは『奇妙な魔術師のこと』になる。


前述した話が前提になるからこそ、おかしいと言うか、不思議に感じると思うぞ？　まあ、とりあえずは聞いてくれ。

昔は戦も多く、その最たるものが二百年前の大戦だった。

大陸中がそんな状態になれば当然、食糧だって満足に得られるものではない。国のために戦場に赴く者であろうとも、それらの影響を免れることはできなかったんだ。

……イルフェナは海に面しているから、内陸部よりは随分とマシだったと思うがな。

それでも、悲惨な状況であったことには変わりないだろう。……飢えと疲労のため、戦場で幻覚を見る者もいたらしい。

戦場に赴けば、食事や睡眠なんて二の次だ。まず敵を倒し、安全を確保できなければ不可能だからな。戦の状況によっては、己の命よりも戦果を挙げることが重要視されるくらいだ。

だから、肉体だけでなく、精神を疲労させてしまう者も少なくなかったと聞いている。まあ、そういった状況を乗り越えてきたからこそ、『今』があるんだけどな。

そんな状況だったせいか、戦場に纏わる奇妙な話というものも存在するんだ。

『共に戦ったはずの魔術師がどこにも存在しない』……とかな。

国を攻め滅ぼされれば、民間人とて死活問題だ。当然、正規の騎士だけではなく、志願兵が居る場合も多い。功績目当てで参戦した魔術師だっていただろう。

……が、そういった者達にも食糧を分配すべく、名前や出身地の登録だけはされていたはずなんだ。いくら何でも、全てを自腹で補って戦場に出てくる奴なんて居ないだろうし。

……ん？『ミヅキならやりそう』だと？

……。

まあ……確かに、ミヅキならばやりかねないな。あいつ、『自分の遣りたいこと』が最優先だし。『自分にとって、戦そのものが迷惑だった』、『〆たい奴が戦場に居た』、『単に、相手国を困らせたい』……ミヅキにとっては、どれも十分な理由になるだろう。

異世界産の黒猫は凶暴だ。エルが頭を抱える気がするが、快く送り出してやった方が被害は少なそうだし、本人の気も済むだろう。

……話を戻すぞ。

そんなわけで、稀に『正体不明の助っ人』が目撃されることがあったんだ。

だが、国としてもそのままというわけにはいかないだろう？　せめて感謝の言葉を掛けたいと探したらしいが、その捜索自体が不可能だったそうだ。

……ああ、『探すことすらできなかった』んだよ。

確かに共闘したはずなのに、当事者達の誰もがその顔を覚えていなかったらしい。

それにな、場所が場所だけに、どう考えても水すら入手できない状況だったことも少なくはなかったようだ。

生きている以上、最低限だろうとも食事と睡眠は必要だろう？　それらを摂った形跡が皆無なんだと。転移魔法の使用も疑われたが、そんなことをすれば魔法の痕跡で判る。それも無し、だ。

……もしも、『奇妙な魔術師』が実在したというのならば。

そいつは『眠ることも、食べることもせずに戦場を闊歩し、その上、常に認識阻害の魔法を使い続けていた状態』になる。

今ならば魔道具があるから、不可能とは言い切れない。だが、当時はそんなものがなかったんだ。いや、あったのかもしれないが……そこまで普及していないだろう。

噂になった本人が独自に開発したものだったとしても、それならば己の研究成果を見せ付けたいと思うはず。まず間違いなく、歴史に名を遺す魔術師になれる研究成果だぞ？　野心に溢れた魔術師が、そんな好機を逃すと思うか？

……まあ、そいつが『人間相手に研究成果を試したい』という、公にはできない目的を持った魔術師という可能性もあるだろう。

ただ、当時の状況を考えれば、それもおかしい。目立ちたくないなら、わざわざ共闘なんてしないだろう？　少なくとも、噂になる程度は目撃者がいたのだから。

第一、そいつは魔導師を名乗れそうな逸材ってことじゃないか。野心家ならば、ここぞとばかりに名乗り出るはず。

ミヅキ曰くの『オカルト』とやらに合わせるならば……『死んだ魔術師が手助けしてくれた』というところか。

だが、本当に死者だったのならば……残されている話を聞く限り、俺は『死してなお向学心を忘れぬ魔術師が戦死者達を贄にして、死の匂いの満ちる戦場に現れた』とか、『不甲斐ない同胞に手本を見せにやって来た』が正解だと思う。

騎士と違って、魔術師は自分本位な者が多い。研究成果を試す絶好の機会に、冥府から戻って来ても不思議じゃないさ。

俺の話はこれで終わりだ。まあ、俺の予想が当たっていたならば……『死してなお好奇心や野心を忘れぬ者こそが恐ろしい』という感じだな。

……なに？　そこまで怖いとは思えない、だと？

……。

……。

いいか、ここからはあくまでも『俺個人の見解』だ。その前提を忘れないで欲しい。

俺が話した戦場での話はあくまでも『後の人々に伝えられるような話』であって、当然、『知らない方が良い話』もあると思われる。

あまり言いたくはないが、魔術師が魔術に傾倒するあまりにやらかす犯罪というものは、エグいものが多い。一般的に隠されるだけの理由がある。

戦場での話とて、美談だと判断できるかどうか。単に、『人間という研究材料』を求めた結果、第三者が良いように解釈しただけかもしれないんだ。

――戦場では結果が全て。『英雄は仕立て上げられるもの』なのだから。

それに……俺はそれらが起きた場所が『戦場』だと言っただろう？　……当たり前だが、『戦場で屍となるのは、敵だけでなく味方も含まれる』んだ。

『正体不明の助っ人』とやらは、本当に……こちらの味方だったのか？

第三話『イルフェナであった怖い話（？）』其の三

――イルフェナ・騎士寮にて（魔術師の弟子視点）

「……」

クラウス殿の話と、黒騎士達に疑いの眼差しを向ける者達を見て。……私はどう言って良いか判らなかった。

特に、双子らしき騎士達は『まさか……』『いや、クラウス殿達にはストッパーが居るから！』と、こそこそと話し合っている。

……。


つまり、優秀な魔術師は皆、今言ったようなことをやらかす可能性があるのですね？

口にこそ出さないが、私は顔が引き攣るのを止められない。皆の反応も拍車をかける。

た……確かに、『怖い話』ではあった。ただ、アルジェント殿の話を聞いた後だと、クラウス殿の話はどう聞いても『魔術師が怖い話』と言った方が良いような。

民間に語られている話は多分、『正体不明の魔術師が味方をしてくれた』といったものだろう。だが、どうやら一部の人々、特に魔術師達の間では別の解釈が成されているようだ。


しかも、誰もそれに異議を唱えていないような。

え、魔術師って……そんなにヤバい奴認定されているのか⁉


「さて、それじゃあ次の話にいこうか」

『そ、そうですね』

気遣うようなエルシュオン殿下の提案――微妙に顔が引き攣っていたように思えるのは、気のせいか――に、私は即座に頷（うなず）き。

次の話が始まったのだった。

『訪ねて来たのは』（語り手：アベル）

あ～……、次は俺か？　そうは言っても、あんまりそういった話を知っているわけじゃないんだが。『怖い話』なんだろ？　これって。

……。

いや、一応、話は用意してあるぞ。しかも、俺自身の経験談。まあ、それが『オカルト』と呼ばれるものかどうかは判らないんだが、とにかく不思議と言うか、不気味だった経験だ。

……ん？　『【オカルト】と呼ばれるものかは判らない』って、どういうことかって？

いやぁ……関わった奴らからすればオカルトと言えるのかもしれないいんだけどさ？　その、単なる犯罪なのかもしれないいんだよなぁ……。

まあ、いいか。それは聞いてから判断してくれ。


あれは俺がまだ子供と言える年齢だった頃のことだ。

うちは貴族と言ってもあまり身分差を気にするような家じゃないから、近所の子供達と遊ぶことも珍しくはなかったんだ。

『子供は身分を気にせず子供らしく遊び、多くを学べばいい』……そんな教育方針なんだよ。だから、民間人とも距離が近いって言うか、割と気安い関係なんだ。

まあ、貴族としては珍しいかもしれないよな。実力至上主義のイルフェナであっても、身分制度はしっかり根付いているしさ。

下級貴族は特に、そういった傾向にあるような気がする。あれだ、功績なんかで爵位を貰って、『特別になれた』って思う奴が多いと言うか。

逆に、高位貴族は『身分に伴った実力を身に付けねばならない』っていうこの国独自の方針から、身分制度を忘れることができないんだろうな。

まあ、俺としては良いことだと思うよ。高位貴族がその状況を受け入れているなら、下の奴らも特権階級の在り方に納得できるだろうし。

それで、だ。

俺達兄弟は家のそういった方針によって、身分差なく、人と付き合うことが当たり前だった。

……うん、今ならその重要さも理解できる。視野を広く持てってことだもんな。

『立場が変われば、見方も変わる』――身分差なく接することだけじゃなく、そういったことも学ばせたかったんだろう。

ミヅキを見てると、その重要さがよく判るよ。だって、ミヅキは『様々な視点から考察し、相手を追い詰めていく』からな。

……ん？　『それが重要なのか？』って？

自分から見た一つの出来事が、他者から見ても同じ解釈をされるとは限らないだろう？

ミヅキはさ、そういった複数の視点から考察して逃げ場を奪っていくのが得意なんだよ。だから……ターゲットになった奴は『逃げられない』。

追い詰められてから逃げ場を探そうにも、大抵はすでに退路が潰されているんだぞ？　気付いた時には手遅れさ。

まあ、ミヅキのことはどうでもいいんだ。あいつのことは『敵になるな、危険』って覚えておけばいい。色々言われているが、それが正解だ。

実際、敵になったり、興味を抱かない限り、ミヅキは手を出さない。飼い主たる殿下のこともあるし、本当に『報復専門』なんだよ、あいつ。

それを判っていない奴らが、勝手にミヅキを敵認定してくると言うか、巻き込むんだよなぁ……。

俺とカインは毎回、呆れているからな？　『自分から玩具になりにいくなんて、馬鹿か』ってな。

……話を戻すぞ。

そんな感じでな、俺達の周囲には比較的人が多いと言うか……身分に関係なく、気安く声を掛けてくれたりすることが常だったんだ。

それが前提となる。本題はここからだ。

その頃、子供達の間では所謂『秘密の隠れ家(が)』が流行(はや)っていた。ああ、勿論、王都でのことじゃない。ディーボルト家が所有する別宅がある地域でのことだ。

『のんびり過ごしたい』という目的で作ったらしくてな、周囲は森に囲まれ、すぐ近くには村一つといった、のどかな場所だよ。

『村』とは言ったが、商人達が立ち寄るせいか、寂れた印象はない。何て言うか……そこそこ活気のある村、といった感じかな。

ただ、こういった言い方は悪いが……まあ、田舎ではあるんだよ。だから、子供達の遊び場は専ら森とかだったんだ。

森と言っても、子供の遊び場になるような場所は拓けていると言うか、明るいというか、大人達が心配しない程度のものでさ。子供だけで遊んでいることなんてしょっちゅうだったし、俺達もそこに混ぜてもらっていたんだ。

それでも、それだけだと退屈してくるのが子供だろう？　だから、少しだけ足を延ばして、森の中を探検したり、小屋がある場所まで行ったりしていた。

この小屋も、子供達が遊び場にすることが想定していたのかもしれないな。管理人みたいな人が居ることもあったけど、笑顔で迎えてくれたし。

……ああ、小屋の管理人らしき人はいたんだよ。小屋と言っても、複数の部屋がある小さな家って感じ。何人かで泊まることもできたんだ。

やっぱり、子供が無茶をすることが想定されていたんだろうな。まあ、それ以外にも、森の見回りといった仕事はあっただろうけど。

『人が迷うような森じゃない』って言っても、それはあくまでも地元の連中とか、ある程度は慣れている奴にとってのこと。

それにさ、どこからか入り込んで、迷った果てに村の近くまで来た……なんてこともあるかもしれないよな。魔物や獣、賊なんかに追われて迷うことだってあるかもしれない。

そんなわけで、子供達の行動範囲内ならばそれほど心配されていなかったんだ。子供達だけで小屋まで行く……なんてこともざらだったし。

だから、『秘密の隠れ家』なんて言っても、大人達にはバレバレだったんだ。

洞窟とか、隠れられそうな場所なんて、大人達が子供の時に使ったままみたいだったし、『今度はあの子達が使うのか』みたいな感じで微笑ましがられていた。

管理人が居る森の小屋も、子供達にとっては『秘密の隠れ家』の一つだった。


誰かと喧嘩をした、とか。

何らかの理由で家に居たくない、とか。


本当に、少しだけ姿を隠したい時なんかにも、その小屋は使われていた。まあ、ある意味、大人達にとっても安心な隠れ場所だったんだろうさ。いざとなったら、管理人も居るし。

——俺の経験は、そんな村人との生活にも慣れた頃のことだった。


その日は小雨が降っていた。普段はそんな日に出歩かないのに、あの時、俺達はもうすぐ王都に帰ることになっていたんだ。

それも、いきなり朝食の席で『王都への帰還を早める』なんて言われてさ。

ぶっちゃけて言うと、俺はそれが不満だったんだよ。事情を聞こうにも、使用人達は準備に追われて、慌ただしく働いていたし。

俺は子供だからと部外者にされたことが不満で、それ以上に退屈で。

だから、ひっそりと館を抜け出して、森の小屋を目指したんだ。あそこなら、一人でも大丈夫

――そんな想いもあったんだろうな。

俺が小屋に辿り着いた時、管理人は居なかった。小屋の鍵は開いていたから、少しだけ外に出ていたのかもしれない。

そんなことも珍しくはなかったから、俺はいつも子供達が遊ぶ部屋に行ったんだ。そこには子供達が持ちこんだ物があったし、誰かが居れば良いと思ってな。

……残念ながら、その日は誰も居なかった。朝から雨が降っていたから、俺も特に気にしなかったよ。そんな日もあるだろう、って感じで。

ただ、他の子供に会ったとしても、俺は少し気まずかったと思う。漸く仲良くなれたと思ったら、『王都に帰らなきゃならない』って言わなきゃならないんだし。

最初はやっぱり、俺達が貴族だってことで、どうしても壁があったんだ。それを思い出させるようなことを言わなきゃならないなんてな。

……暫くして、部屋のドアを叩く音が聞こえたんだ。

『アベル？　そこに居るのか？』

聞こえてきたのはカインの声だった。俺を心配して追ってきたのかと思ったけれど……何故か、俺は応える気にはならなかったんだ。

『アベル、居るならドアを開けてくれ』

カインは……いや、『カインの声』はそう言ってきた。だけど、俺は返事をするどころか、咄嗟に息を潜めて不在を装った。

どうしてだか判らないけど、俺はどうしようもなく違和感を覚えたんだよ。

『アベル……居ないのか』

それを最後に、声は聞こえなくなった。今の俺なら、気配が去っていくのも判っただろうな。

そのことに安堵して……その直後、俺は違和感の正体に気が付いたんだ。


何故、カインは自分でドアを開けなかったんだ？

この部屋に鍵なんてないことを、あいつは知っているはずなのに。


そう思うと同時に、俺は『この小屋の決まり』を思い出した。仲良くなった子供達が教えてくれた、この小屋における約束事。

……そう、その小屋には何故か、『必ず守らなければならない決まり事』があったんだ。


曰く、『ドアは部屋に入ってくる者が開けなければならない』。

『入室の許可を取ること』ではなく、『部屋に入る時は一声掛ける』でもなく、部屋に入ろうとする奴が自分でドアを開けなければならないんだ。

最初、俺は室内で遊んでいる子供達の手を煩わせないためだと思っていた。もしくは、勢いよく駆け込ませないためのもの。中に居る子とぶつかったら危ないし。

だけど、今の出来事を思い返すと、それは『決まり事を守らない奴は、【内部に招いてはいけない存在】だから』という意味だったんじゃないかと思ってしまったんだ。

……そのことに気付くと同時に、俺は背筋が寒くなった。


俺はその決まり事を知っていたのに、声を掛けられている間は欠片も思い出さなかった。

違和感を覚えても、何故か『相手がカイン』だってことは疑わなかった！


あの声の主が去ってから、急に色々と思い出したんだよ。だからこそ、こう思う……『それがあの声の主の能力じゃないか』って。

ミヅキ曰く、俺達には危機察知能力があるらしい。それが違和感という形で俺に警告を与え、災厄から遠ざけたとするならば……。

……。

それにな、この話はこれで終わりじゃない。

そのすぐ後に管理人が帰って来たんだけど、その時、判っちゃったんだよ。……さっきの奴は小屋に入ってくる音がしなかったって。

森にある木造の小屋だから、入る時はドアが少しだけ軋むって言うか、音が鳴るんだよ。事実、管理人もその扉を修理しようと思って、道具を取りに行っていたらしいし。

だけど、俺には扉が軋む音は聞こえなかった。
それどころか、足音すら聞こえなかったと思い出した。

そう気づくと、俺にはここがとんでもなく怖い場所に思えたんだ。管理人も何となく察したのか、『雨が酷くならないうちに帰れ』って追い出したし。
そうして、館に帰ってきて……俺は一番の違和感を思い出した。

その日、カインは体調を崩して寝込んでいたんだ。
だから……俺は一人であの小屋に遊びに行ったはず。

屋敷に帰った時、丁度カインは起きてきたから、俺はその違和感を含めてカインに話したんだ。子供だった俺一人で抱え込むには、あまりにも怖かったから。
カインは黙って俺の話を聞いていたけど、やがてぽつりとこう言った。『それ、俺の所にも来たかも』って。

『アベルが小屋に行っていたのに、アベルの声で【起きているなら、ドアを開けてくれ】って言われたんだ』

『俺はドアをノックする音で目が覚めたんだけど、アベルは俺が寝込んでいることを知っているし、心配だったら、そっとドアを開けて入ってくるだろ？』

『それに……アベルの声だったけど、何て言うか、開けたくなかったんだ』

『夢かと思っていたけど、今のアベルの話を聞いて、夢じゃないと思えた』

……カインも同じ目に遭っていたんだ。いや、もしかしたら、俺が応えなかったから、カインの所に行ったのかもしれないな。

カインの体調は翌日、あっさりと全快した。……ミヅキの言う『オカルト』的に考えるなら、俺達を一人にしたかったのかな、なんてな。

これが『オカルト』と言い切れないのは、不審者という可能性もあるからだ。

館内は帰る準備で慌ただしく、こっそりと忍び込むことも不可能じゃなかったかもしれない。俺は魔法に詳しくないけど、声なんかも魔法でどうにかなるかもしれないしな。

勿論、俺の方にもその可能性がある。俺達が貴族だってことは、村の皆が知っていただろうからな。そのことを聞いて、子供ならば簡単に騙せると思われても、不思議じゃないだろう。

だけどさ、これが『オカルト』だって言うなら、ちょっと怖いよな。

だって、危険を回避できる俺達であったとしても、こんなことが起きたんだぞ?

それって……『向こうから来たら、どうしようもない』ってことじゃないか。

勿論、俺達は違和感を抱いて、そいつの思い通りにはならなかった。

だけど、その違和感を抱けないような場合は。……誘導されるように、呼び声に応えたり、ドアを開けてしまったら。

その時は……どうなっていたんだろうな?

第四話　七不思議の合間の雑談　其の一

――イルフェナ・騎士寮にて（魔術師の弟子視点）

アベル殿の話が終わった後、騎士達は暫し、考え込んでいるようだった。どうしてなのか不思議に思い、尋ねてみると、『彼らの能力の凄さを知っているからだ』と告げられる。

「あのね、この二人……って言うか、彼らを含めたディーボルト子爵家の子供達ってね、危機察知能力が半端ないんだわ」

『危機察知能力……ですか？』

意味が判らず首を傾げると、魔導師殿は更に続けた。

「危険を察知する能力って言うか、本能的な勘？　みたいなものがずば抜けているんだよ。それこそ、落とし穴なんかはどんなに隠しても全部避けるレベル」

『なんと……！』

それは確かに、凄い。そのような異能のことは聞いたことがないけれど、そんな私ですら、その凄さを察することができる。

「だからね……今、話に出てきた『呼びかける【何か】』って、普通の人は回避不可能なんじゃないかと思えるんだ。騎士達はそれに気が付いたから、この状態なんだよ」

『え』

「子供の頃のアベルでさえ、あの状態だったんだよ？　普通は回避不可能な事態ってことでしょ、これ。しかも、『その後がどうなるか判らない』」

『……！』

改めて説明され、私は背筋が寒くなった。

そうだ、そんな能力を持っている人でさえ避けられない……いや、『普通の人間ならば何の不信感も抱かず、違和感に気付けない存在』だというならば。

……『それ』は一体、どんな存在だというのだろうか。

「クラウス、魔術師としての見解は？　魔法の可能性はあるかい？」

危機感を覚えたのか、どことなく厳しい表情のエルシュオン殿下が尋ねると、クラウス殿は暫し、思案するような顔になり。

――困惑を漂わせた表情のまま、首を傾げた。

「可能か、不可能か、ということならば、『一応は可能』ということになるのだろうな」

『……？【一応は】ですか？』

何とも不思議な物言いに、私は首を傾げた。何故、『可能』と言い切れないのだろうか。

「魔法を駆使すれば、可能ではあるだろう。この場合、対象者の認識を歪める……と言うか、精神に干渉する魔法を使えば可能だと思う」

『では、何故【一応】などと言ったのですか？』

「一言で言えば、難易度が高い。もっと言うなら、そこまでする必要があるのか？」

『あ……！』

指摘された事実に今更ながら気付いて、はっとする。そう。そうだ、これは『田舎での出来事』だと言っていたじゃないか。

これが王都や、王城といった場所ならば、試す価値はあるだろう。警備の騎士達を翻弄したかった愉快犯という可能性だってあるかもしれない。

だが、それをわざわざ田舎……それも子供達相手に行なう必要があるのかと聞かれれば、誰だって首を傾げてしまうだろう。

だって、全く意味のないことじゃないか。

アベル殿は貴族だが、話を聞く限り、『それ』は身分を問わず警戒すべき存在なのだ。

「それにな、わざわざ『扉を内側から開けさせる』という条件付けをする意味が判らん。室内に人が居るなら、問答無用に誘い出せばいい。何故、回避する手段が確立されているんだ？　それを伝えたのは一体、『誰』なんだ？」

『……!?』

クラウス殿の声に恐怖は感じられず、ただ疑問に思ったことを口にしているだけだろう。だが、聞かされる方はたまったものではない。

アベル殿が遭遇した当時、彼は子供だったという。だが、あれほどしっかりと覚えているのだ、それほど幼くはなかっただろう。

そうなると、クラウス殿の疑問はもっともなことだった。特に『回避方法を教えたのは誰だ？』というものに対しては！

「あのさぁ、ちょっといい？」

そんな雰囲気を壊すように、魔導師殿が軽く片手を上げた。

「どうしたの、ミヅキ」

「私の世界のオカルトにもあるんですよね、今みたいな話。その解釈の一つに『扉はこちらとあちらを隔(へだ)てる境界線』みたいなものがあるんですよ」

「へぇ……」

「で、ですね。呼び掛けられたら、絶対に応えちゃいけないんです。勿論、扉を開けるなんて論外。だって、それは『扉を隔てた場所に居る存在を受け入れた』ってことや、『招き入れた』ということになっちゃうから」

　エルシュオン殿下と魔導師殿の会話を、皆は興味深そうに聞いている。いや、この場合は『異世界にも似たようなものが存在することに興味がある』と言うべきか。

「扉を開けてはいけない理由は判るけど、答えることも駄目なのかい？」

「ええ。判りやすく言うなら、会話に喩(たと)えればいいんですよ。問い掛けて、答えが返る。少なくとも、『相手を認めている』っていうことになりますよね？　会話が成り立ってしまった以上、二人以上がそこに居るんですから」

「ああ、そういうこと」

「だから、扉を開けていなくとも、呼びかけに応えてしまった場合、『縁』……所謂、繋がりができてしまう。そうなると、どこまでも追って来るんじゃないですかね？　それこそ、扉のある場所ならどこにでも現れるようになりそう」

　それはとてつもなく嫌な展開だ。呼びかけに応えなければそこで終わるが、応えてしまったら、場所を問わずに現れる可能性があるということじゃないか。

呪いにも等しいそれに、生涯、向き合わなければならない。

単純だが、常に気を張っていなければならないなんて、何という苦痛だろう！

「あのさ、次は俺の番なんだけど。アベルの話に補足する形っていうのでいいか？」

嫌な気分になりかけた時、双子の片割れ……カイン殿の声が響いた。当然、皆の視線も彼に集中する。

そうか、彼もある意味、遭遇した一人。決して、他人事ではないのだろう。

「じゃあ、次はカインに頼むよ」

「判りました。と言っても、アベルの話の補足程度なんで短いですけどね」

さあ、どのような話が聞けるのだろうか。

……いや、こういう言い方は正しくないのかもしれないな。

カイン殿は一体、『どのようなことを知っている』のだろうか――

第五話『イルフェナであった怖い話（？）』其の四

『とある村の伝承』（語り手：カイン）

俺が話すのはアベルが話したことの補足……って言うか、声を掛けてきた『それ』についてだ。

勿論、『それ』が何かは判らない。ただ、どんな存在か知っているって感じだな。

……え？　『正体は判らないのに、どんな存在かは判っているのか』だって？

……。

……ああ、多分判っている。俺だけじゃなく、村人達は全員、多少の差はあれど、それなりに知っていると思う。


——何故なら、『それ』はある意味、村の守り神なのだから。


村人ではない俺が知っているのは、たまたま村の婆(ばあ)ちゃんから聞いたことがあったからだ。多分だけど……その話は口伝でしか伝えられていない。

まあ、それも仕方ないって思えるんだ。端(はた)から見れば、批難される可能性もあるからな。

とりあえず、俺が聞いた話は以下の通りだ。

昔、まだ世界中で戦が行なわれ、情勢が不安定だった頃。どんな国も生き残ろうと足掻く最中、当然、民間でも同じようなことが起こっていた。

言い方は悪いが……『自分達以外を犠牲にして、生き残ろうとしていた奴も居た』。

そういった発想に至るのは、盗賊といった連中だ。法に従わず、騎士に頼る立場でもないから、奪うことにも躊躇いがない。

自国から逃げた者、国を失った流れ者、自分のことしか考えない犯罪者……不安定な情勢はそういった輩を多く生み出したんだろう。

あ、言っておくけど、国がそいつらを故意に放置していたとかじゃないぞ？　簡単に言うと……まあ、余裕がなかったんだと思う。彼らはまず『国』を守らなければならなかったから。

村の人間もそれはよく判っていた。国が自分達を見捨てているわけではない、と。そもそも、大陸中で略奪は起こっていたんだ。どこも自衛する以外、方法がなかった。


あの村は……一言で言ってしまえば、『狙う価値のある村』だったんだよ。


水も食糧もそこそこあり、時には商人という『金を持っている獲物』も訪れる場所。騎士達がすぐに駆け付けてくれる距離ではないし、自警団があったとしてもそれなりだ。

豊かとまではいかないが、人々が生活するのに困る状況じゃなかったんだよ。そのことを他所で話す商人達が居たことも、村の不幸に繋がった。

それでも、そこそこ栄えた村だから、何とか凌げてはいたんだ。だけど、疲労は溜まっていく。

そんな時、誰かが言い出した。――『森の主様に頼ろう』と。


何時から居たのかは判らないが、あの森には『主様』と呼ばれる存在が居た。一説には、村ができる前から居たとか。

『それ』が人でないことは明らかだったが、村人達は共存できていたんだ。村人達に『それ』を排除する気はなかったし、後から来たかもしれない自分達が住むことを許してもらったように感じていたから。

だから、村人達は敬意を込めてこう呼んだ――『森の主様』と。

実際、良い関係は築けていたんだよ。互いに過度な干渉はしないし、『森の主様』も村の存在を受け入れていた。

採れた野菜なんかを感謝と共に捧げれば、少しだけ森で獲れる獲物の量が増えたりしてな。そんな感じで、互いを尊重しつつも共存していたんだ。

……。

もしかしたら、『森の主様』って、ミヅキみたいに異世界から来た存在なのかもしれないな。

こちらの世界とは違う世界、違う文明を持つ、異なった生き物。それならば、異能を持っていても不思議はない。

そもそも、俺達と似た姿を持っているかすら判らないんだ。だから……受け入れてくれた村人達に感謝していたのかもしれないいな。

……ん？　どうした、ミヅキ。……『この世界の人間に理解できる声がなかったから、【誰か】の声を借りたのかもしれない』だと？

『この世界の人間には聞き取れない音域の声ならば、音とすら認識できなかったかも』って？

ああ……確かに、その可能性もあるよな。声や言葉はあっても、俺達に理解できるか判らないし。

俺達だって、犬や猫が何を喋っているかなんて判らないもんな。異なる世界の生き物だったら、『声』自体が認識できなくても不思議はない。

そう考えると、問いかけてきた『誰か』が俺達の声を使ったのも納得できるよな。俺達にとっては互いの声が一番、馴染み深いものだし。

扉を隔てた状態ですら、相手の存在を認識できるんだ。自分と向かい合った相手の記憶を探り、そこにある声や口調を真似ることくらいできそうだよな。

……話を戻すぞ。

まあ、そんなわけでな。昔から村人達には共存する『誰か』が居たんだ。

まず、それが前提だ。重要なのはここからだ。

さっきも話したように、当時の村は非常に危険な状態だった。それまでは辛うじて守れていたけれど、いつ防ぎきれない襲撃があるか判らない。

しかも、それは確実に訪れる未来だったんだから……まあ、取れる対策は全て取りたいって言うか、『森の主様』に縋ろうとするのも必然だったんだろう。

ただし、その『対価』に見合うものが、当時の村には用意できなかった。そこまでの余裕がなかったんだ。

村人達は話し合い、『村から一人を差し出し、その対価に村を守ってもらう』ということになった。

ただ、誤解しないで欲しいんだが、当時の村人達はそれを『生贄』という認識をしていなかった。

そもそも、その『対価』に選ばれた人間自身が『森の主様』に交渉をして、願いを叶えてもらう……という形だったんだぞ？

しかも、それは村人側が勝手に交渉を持ちかけているだけなんだ。

それにさ……こう言っちゃあなんだけど、そのままの状態なら、生贄云々の前に村ごと全滅することも考えられる状況だったんだ。

村人からすれば、生き残る手段だったと思うんだよ。『個人』ではなく、『村』や『村の未来』を守るためのさ。

そんな身勝手な交渉だったが、『森の主様』はそれに応えてくれた。

生贄……いや、こういった言い方は正しくないな。『交渉役』に選ばれた者達も、『森の主様』が自分達の願いを叶えてくれると知ってからは、特に悲愴感もなかったらしい。

対価となった奴らがどうなるかは判らないけど、村人からすれば長年、良き隣人として接してきた存在なんだ。それなりに信頼関係があったってことだろう。

それからは定期的に『森の主様』へと『交渉』し、村は危険から守られてきた。

だが、情勢が落ち着いてくると、その必要もなくなってくる。

けどな、村人達は怖かったんだよ……また同じような状況になる可能性もあったから、その『交渉』を終わらせて良いものかって。

『終わらせたい』と告げれば、『森の主様』は応じてくださるだろう。

だが、『再開したい』と願った時に、同じ条件で応じてくれるかは判らない。

そんな時、一人の村娘が最後の『交渉役』に志願した。その娘はとても賢く、村の守護者たる『森の主様』を尊敬し、日々、感謝をするような子だったらしい。

宗教に喩えるなら、敬虔な信者とでも言うのかな。とにかく、犠牲とか生贄といった風には捉えていなかったようだ。

娘は村人達にこう告げた。

『私は【森の主様】に再開する可能性を踏まえた交渉の一時中断を願おうと思います』

『あの方は敬愛すべき存在であると同時に、私達の良き隣人です。私達の我侭（わがまま）を押し付けるのは心苦しいですが、きっと叶えてくださるでしょう』


そうして、娘は森に行き。……そのまま、帰って来ることはなかった。けれど、娘が出かけた日の夜、村人全員が娘の声を聞いた。


『貴方達の願い、聞き届けましょう。私にとっても、貴方達は良き隣人であるのだから』

『助けが必要な時は再び、私と言葉を交わしてください』


娘の口調、娘の声、だけど……感じ取る気配は全く違う。

その時、村人達は願いが聞き届けられたことを悟った。聞こえた声は『森の主様』が自分達に伝えるため、捧げられた娘の声を使ったのだろう、と。

そうして、『交渉』は一時的に終わりを告げたんだ。

それかららしいぜ？『森の主様』が『誰か』の声を使って、話し掛けて来るようになったのは。

娘の声を使って村人達に伝えたことで、『誰か』の声を使えば、会話が可能だと知ったんだろうな。

ただ、その声も天候が荒れることを教えてくれたり、悪いことから遠ざけるようなものが大半なんだと。

『良き隣人』と言うだけあって、村人達が大事だったんだろうな。だから、村人達は今でも『森の主様』のことを怖がらないんだと思う。

森の小屋は交渉の場所だったそうで、『扉を隔てた呼びかけ』に応えちゃ駄目な理由は、『交渉の再開になってしまうから』。

まあ、俺達と違う存在なら、情勢とかに疎くても仕方ないよな。だから、向こうからの問いかけって、『自分の力は必要か？』っていう意味らしい。

それで、だ。アベルが話した時のことなんだけど。

あの、さ……最初に言ったけど、これは口伝で村に伝わる話なんだよ。だけど、あの村には商人達だって来る。その時に知ってしまっても不思議はない。……微妙に歪んだ形でな。

正しく伝われば、意味のないものなんだ。だって、『森の主様』との交渉は『村人達と【森の主様】で結ばれた約束事』なんだから。

他の奴らが『森の主様』と交渉したければ、新たな条件を提示するしかない。明確な条件を提示しない限り、何を取られるか判らないから。どう考えても、危ないよな。

それにさ……多分だけど、部外者が叶えたい願いの『対価』は、もっと重いものになると思う。

元から好意的に見ていた村人達と、欲丸出しで利用しようとした部外者。対価と言うか、扱いに差があるのは当然だろうに。

それなのに、馬鹿が居たんだよなぁ……それも多分、『森の主様に願えば、願い事を叶えてくれる』くらいの認識の奴が！

……。

……うん、気付いた奴もいるだろうから言っちゃうけどさ、それが俺達が急遽、王都に戻ることになった原因。

馬鹿だろ？　馬鹿だよな？　普通に考えても、そんなに都合の良い奴がいるわけないっての！

ああ、俺がそれを知ってる理由？　俺は体調不良で寝込んでいたって、アベルが言っただろ？

だけど、退屈でさ……ずっと寝ていたわけじゃないんだ。

それに、使用人達も忙しく働いていたから、冷たい水が飲みたくなった時に出歩いたんだよ。まあ、体調も悪かったから、厨房に行ったくらいなんだけどな。

その時に、使用人達が話しているのを聞いちゃったんだよ。館の使用人達は普段から館に居て、そこの管理も任されているから当然、『森の主様』の話も知ってたんだ。

だから、当たり前のように『事件』のことも伝えられていたんだろう。

――『森の主様』に『交渉』を試みた商人が居たらしいって。

村人達からすれば、使用人達も村人の一員といった扱いだったのかもしれないな。だけどさ……『森の主様』への交渉って、『交渉役自身が贄となり、願いを口にする』ってやつだろ？　前提になるものが間違っているんだ。『交渉役は自分以外の【誰か】のために、願いを口にする』んだから。何より、『森の主様』は無償で願いを叶えるわけじゃない。

言い方は悪いが、『村の守護』って、別に神みたいな存在じゃなくてもできるよな？　そりゃ、当時が厳しい状況だったってことは判ってる。だけど、不可能じゃなかったとも思うんだ。奇跡のような力に縋らなければ全滅ってわけじゃなかったろうし、それまで自衛はできていたんだから。

犠牲者が増えれば村の存続が危うくなるゆえの措置、って感じだったんじゃないかな？　まあ、後のことを考えた場合、村人の数が極端に減るのは拙いよな。

交渉役が何人いたかは判らないが、盗賊あたりに殺されるよりは少ないはずだ。交渉役になった奴らだって、『数名の犠牲で村が守られるならば』っていう心境だったろうし。

ただ……そんな村人達でさえ、『対価』は必要だったんだ。

好意的であり、最低限の願いの対価が村人一人。

ならば、『分不相応な願い』を口にした部外者は一体、どれほどのものを取られるんだ？

正直言って、村人ですらこれは判らなかったと思う。だって、そんなことを試した奴なんて、これまで存在しなかったから。

対価を求められるものだからこそ、村人達も安心していたんじゃないかな。『あまりに無謀な願いをする奴はいない』って。

だからこそ、馬鹿がやらかした時、俺達は急に帰ることになったんだと思う。……俺達は『村人』ではないから。巻き添えで対価に選ばれでもしたら、たまったもんじゃない。


それにさ、馬鹿がどんなことを願ったか、正確には判らないんだ。なにせ、当の本人が行方知れずになっちまったからな。『交渉役は実質、生贄』と知らなかったんだろう。

そいつは商人として村を訪れていたんだが、酒場で酒を飲んだ際に気が大きくなったのか、『俺という存在を、多くの人に広めたい』って口にしていたらしい。


曰く、『貴族でさえ名を知るような大物商人ならば、大きな取り引きができる』と。


確かに、使いきれないほどの金が欲しいとは言っていない。だけど、あんまりにも曖昧で、壮大な願いだろう？　『貴族』っていう括りなら、全ての国が当て嵌まるだろうに。

だからこそ、そいつが『交渉』を行なったことを知った大人達は慌てたんだ。『どれほどのものが対価にされたか判らない』ってさ。

俺達はそいつと関係ないけれど、『部外者』という括りでは同じだから、念のためにあそこから王都へと戻されたんだ。

だけど、その判断は正しかったんじゃないかと思う。

――アベルは『森の主様』らしき奴に問い掛けられた。村人ではないのに、だ！

これ、結構重大だぞ？　『森の主様』は、新たな『交渉』相手を見つけてしまった。もしくは、『交渉』が再開されたと、そう思ってしまったんじゃないか？

その村？　今でもあるし、平和だよ。だけど……他所者に『森の主様』の話はしないし、尋ねられたら、その危険性を教えるようになったようだ。

それでも『交渉』を行なうなら……もう自己責任だろ。結局、あの一件も本人以外にどれほどの対価を取られたか判らないみたいだし。

……え？　『その商人の願いは一部、叶ってる』って？　ミヅキ、どういうことだ？

『教訓めいた事件として後々まで語り継がれてるし、現に今、貴族であるあんたを通じて、多くの貴族令息である騎士達や、王族である魔王様にまで、その商人の存在が知られたから』？　え。

……あ、ああ、そういうこと……。つまり、『森の主様』らしき存在がアベルや俺に声を掛けたのも、『商人の願いを叶えるための布石だった』と。お前はそう言いたいわけね。

……。

……。

わざわざ、怖くなるようなこと言う必要ないだろ⁉　ミヅキ！

お前、本っ当〜に！　ろくでもない性格してるよな⁉

第六話『イルフェナであった怖い話（?）』其の五

——イルフェナ・騎士寮にて（魔術師の弟子視点）

カイン殿が話し終えると、その場を沈黙が支配した。……いや、こういった言い方は正しくないだろう。アベル殿の話と合わせ、其々（それぞれ）が考え込んでいるのだから。

「あのさぁ……ちょっと思ったことを言って良い？」

そんな中、魔導師殿の声が響く。彼女は先ほども色々と言っていたから、新たな解釈——『森の主様』が叶えた願い事についてのこと——でも思いついたのだろうか。

しかし、彼女の言葉は全く予想していなかったものだった。

「最初に村人が願った時、生贄……まあ、貢物（みつぎもの）的なものをしちゃったから、『対価』を求めるようになっちゃったんじゃない？」

『はい……？』

「いや、だからさ？　最初から対価を要求されたのならともかく、願いを叶えてもらう側から押し付けちゃったわけでしょ。ただ『守ってください』と願っていただけなら、対価を要求されることにはならなかったんじゃないの？」

魔導師殿の言葉に、誰もが沈黙した。……いや、沈黙せざるを得なかったのだと思う。

だって、その予想が事実だった場合、『森の主様』が対価を求めるようになったのは。

――それを『教え込んでしまった【元凶】』は。

「最初に『願い事を叶えるなら、対価が必要』と教えてしまったから、『森の主様』はそれを覚えてしまった……と言いたいのかい？」

「ええ。だって、村人とは良好な関係を築けていたようですし、無料で守ってくれる可能性もあったじゃないですか」

「だけど、それはあまりにも図々しくないかい？　元から……と言うか、確実とは言えないだろうけど、『森の主様』の方が先にそこに住んでいた可能性もあるんだ。そこに住むことを許してもらっておいて、それ以上を望むなど」

エルシュオン殿下は善良な方なのだろう。村人達が一方的に『森の主様』を利用することに、不快感を覚えるようだ。

だが、魔導師殿は首を横に振った。

「それは魔王様みたいに善良な人の考えであって、『森の主様』は違うかもしれないじゃないですか」

「だからってねぇ……」

「だって、『森の主様』は人間ではない『何か』……それこそ、神のような力を持った存在みたいだし。価値観だって、違うかもしれませんよ？」

『あ……！』

私は思わず、声を漏らしていた。私以外にも、はっとした表情になる人達が居る。

そう、そうだ、エルシュオン殿下の仰っていることは『善良な人間ゆえの考え方』であり、『森の主様』……いや、神にも等しい力を持った『誰か』の常識に当て嵌まるとは限らない！

そもそも、『森の主様』は村人達と良好な関係を築いていたらしいじゃないか。だったら、彼らの考え方を『この世界の常識』、もしくは『人間の常識』と捉えていても不思議はない。

ならば、『森の主様』が、どんな交渉にも『対価』を要求していたのは。

それを『学んでしまった』のは……。

「まあ、あくまでも私個人の推測ですけどね。ただ、異世界人という立場から言わせてもらうと、私達の基準になる常識って『この世界の人から学ぶ』んですよ。だったら、その可能性もあるかなぁ、と」

魔導師殿はさらりと言っているが、聞かされた方はたまったものではない。現に、話をしてくれた双子の騎士達は顔を強張らせているじゃないか。

「ですが、無条件に願いを叶えてしまう方が問題ではありませんか？」

「そうだな、俺も『対価』という抑止力――これは願いを告げる人間側へのものだが、そういったものは必要だったと思うぞ？」

「うん、だから私もそれが悪いことだとは言ってないじゃない。ただ、そういう『システム』ができる切っ掛けになったのが、『村人達のお願い』だったんじゃないかってこと」

アルジェント殿とクラウス殿の言葉に頷きつつ、魔導師殿は肩を竦める。その表情を見る限り、彼女は本当に『一つの可能性』という意味で口にしたらしかった。

「難しい問題だよね。悪意なく交渉してしまった場合は不運としか言いようがないけれど、あからさまに欲を持って交渉に臨む場合には、抑止力と成り得るのだから」

エルシュオン殿下は首を傾げながらも、否定する気はないらしい。

そもそも、伝承と言うか、村人達と『森の主様』だけの契約であったならば、何の問題もない案件であろう。互いに納得しての『取り引き』なのだから。

そこに個人的な欲を持った商人が介入したことで、『誰にでも利用できること』と判明してしまった。しかも、最悪なことにその『対価』は明確にされていないのだ。

……ただ、その『対価』どころか、『叶え方』にも問題があるような気がしなくもない。

魔導師殿の予想が当たっていた場合、『この世界の人間が持つ常識と【森の主様】の常識が同じとは限らない』ということになる。確実に願いを叶えたいならば、願いをより詳しく口にする必要があるということか。

もっとも、願いによっては、『対価』がとんでもなく重いものになる可能性がある。その危険性に気付いて納得していればいいが、そこまで考える人がどれほど居ると言うのか。

「まあ、今ここで私達があれこれ言っても仕方ない。全ては憶測に過ぎないのだから」

エルシュオン殿下の言葉で私達は議論に一区切りをつけ、次の話を聞くことにした。

※※※※※※※

『予想外の守り手』（語り手：エルシュオン）

次は私か。一応、不思議な出来事という括りにできる話はあるよ。と言っても……ミヅキの言う『オカルト』とは違う気がするんだけどね。

うん、もしかしたら、それは魔法の領分かもしれないから。と言うか、ミヅキも関わっているから。寧ろ、それが原因で起きたような気がしなくもない。

とりあえず、話すことにしよう。

皆も知っているように、私の執務室には猫のぬいぐるみが置いてある。金色の大型猫の方が『親猫（偽）』、黒い子猫の方が『子猫（偽）』と命名されているんだよ。

……。

ああ……そんな顔をしないでくれないかな？　呆れていると言うか、どう言って良いのか判らないのは、私も同じだから。

お察しの通り、この二匹の猫達のぬいぐるみは私とミヅキをモデルにしている。

私が親猫、ミヅキが黒い子猫だ。まあ、日頃からそう言われているから、今更、訂正する気も起きないんだけどね。

このぬいぐるみ、実は近衛騎士達から贈られたものなんだ。ミヅキがガニアに飛ばされた際、私達は其々、別の場所で貰ったんだよ。

私はともかく、ミヅキはガニアでクラレンスから『頑張れますね？』と凄まれたみたいなんだよね……。

……。

うん、皆が言いたいことは判るよ。きっと、クラレンスはいつもの微笑みを浮かべ、有無を言わせない口調だったんだと思う。

まあ、ミヅキは『癒やしアイテム』とか言いながら親猫（偽）を抱き枕にしつつ、呪いの言葉を聞かせていたみたいなんだけど。

ちなみに、これはルドルフから聞いたんだ。ルドルフも『悪夢を退けてくれた』とか言っていたから、何かしらの呪いじみたものが掛かっていても不思議はないと思う。

……なんだい、ミヅキ。『何もしてない！』だって？

この、お馬鹿！　君は本来ならば目に影響が出るくらい魔力が高いと言っているだろう！　そんな君が怨念じみた言葉を聞かせ続けたんだよ？　正直、呪物モドキになっていても不思議はないと思うけど。

それに。

君だって以前、『ツクモガミ』とやらのことを口にしていたじゃないか。長い年月を経たものに魂が宿る……だったかな？

年月こそ経過していないけれど、あの二体には君がつけた名前もあるんだ。まして、私と君を模したもの。つまり……皆の認識もそういったものになっているんだよ。ぬいぐるみの猫親子、みたいな感じでね。


——ここまでが前提。本題はここからだよ。


実はある時期、ほんの数日程度だけど、私は夢の中で黒い人影……まあ、人型らしきもの？　に向かい合っていたことがあるんだ。

奇妙なことに、私はとても冷静だった。それが夢だと、はっきり判るくらいにね。

ただ、その人影は特に何もしてこなかった。『そこに居るだけ』だったんだよ。……いや、少し違うか。『私の傍に居る【何か】に威嚇(いかく)され、何もできなかった』というのが正しいように思う。

私に恐怖心や焦りがなかったのは、それが原因じゃないかな。守り手が傍に居る安心感みたいなものがあったのかもしれない。

……え？　『呪術かもしれないから、すぐに俺達に相談すべきだ』って？

勿論、普段ならばそうしただろうね。だけど、クラウスはその時、別の仕事で私の傍に居なかったんだよ。……もしかしたら、わざと遠ざけるように手を回されていたのかもしれないけど。

こういう言い方をすれば予想がつくと思うけど、当時の私は呪術を向けられていたらしいんだ。曖昧な言い方なのは……何の被害もなかったから。はっきり言って、全く気付かなかった。

そもそも、私は魔力が異様に高い。だから、ピンポイントで狙われていただろうし、術者もかなり優秀だったろう。

だけど、私の傍には私自身すら知らなかった『守り手』が居たらしくてね？

最後に夢を見た日、その『人影らしきもの』は『小さな存在』に襲い掛かられていたんだ。

それは猫だった。どこかで見たことがあるような、小柄な黒い猫。

普通は振り払われて終わりなんだろうけど、この猫、滅茶苦茶強かった。と言うか、圧倒してた。噛み付いたり、引っ掻いたり、蹴飛ばしたり……とにかく、小柄な体に見合わぬ暴れっぷりでね？　現実ではないせいか、ダメージがかなり入っていたみたいだった。

向こうも勝てないと思ったのか、隙を見て私に攻撃してくるんだけど……私の傍には金色の猫が控えていて、結界みたいなものを張っていたんだよ。

……うん、唖然とするのも当然だと思う。事実、私もその時、呆気に取られっ放しだったから。人影らしきものは戸惑っていたけれど、やがてボロボロになって消えていった。そこで漸く満足したのか、黒猫は私の傍に来たんだ。

そして、それまでの凶暴さが嘘のように私を見上げると、『褒めて』と言わんばかりに一声鳴いた。そこで私は目が覚めたんだ。

朝になって、私は執務室に向かった。その、どうにも見覚えのある猫達だったからね。いくら夢と言っても、何かの予兆かもしれない。そんな気持ちもあったんだ。

だけど、部屋に置かれた彼らはいつも通りで……少し拍子抜けしてしまったよ。だから、ただの夢だと思ってしまった……『その時点』では。

その日、クラウスは仕事を終えて帰ってきた。当然、私の所に報告に来たんだけど……室内に入った直後、彼は何かを盛大に踏みつけたんだ。

私は物を床に置いたりしないいし、『絶対に』それまで何もなかったはずなのにね。

だいたい、クラウスの前に執務室を訪れた人達だって居たんだ。だけど、彼らが『それ』に気付いた様子はなかった。

隠蔽（いんぺい）の魔法が掛けられていた可能性もあるけれど……場所的に、クラウスの前に誰かが踏んでいたに違いない。もしくは気付いて、拾い上げていただろう。

当然、クラウスは違和感に気付いて『それ』を拾いかけ……表情を険しいものに変えたんだ。


そして、こう言った。――『この呪物は一体、どうした？』と。


その後、その呪物はクラウスや黒騎士達の手によって解析され、犯人が捕まった。ただ、見つかった犯人は元から瀕死（ひんし）の状態で倒れていたらしい。

呪物は基本的に術者と繋がっているものと、術式などを物に仕込むものがある。後者は無差別に威力を発揮するから、個人狙いの場合は前者の物を使う場合が多いそうだ。今回はこちらだった。

ただし、『術者と繋がっている』ということは、反撃も可能らしくてね……術者は何者かに反撃され、相当なダメージを食らったらしいよ？　通常の呪詛（じゅそ）返しとは少し違ったらしく、黒騎士達も首を傾げていた。


当たり前だが、私は魔法が使えない。よって、報復も当然、私がしたことではない。

誰に聞いても『そんなことはしていない』と言うし、当事者になっていたならば、事後報告だろうとも私へと知らされていたはずだ。

勿論、ミヅキも知らなかった。そもそも……ミヅキならば、反撃だけで済むはずはない。絶対に黒騎士達に辿らせ、直接、犯人をしばきに行くだろう。

犯人の供述も奇妙なことに、『数日前から呪物をこっそり仕掛けていたが、全く手を出せなかった』とのこと。気付かれにくいこともあり、精神面での攻撃を狙ったらしい。

本来ならば、いくら私でももっと影響が出ているはずだったんだ。過去に存在した種族の遺物を使った呪物らしく、とても強力なものだったようだからね。

だけど、私に精神的な負荷なんて全くなかったし、夢にしても、猫達の行動に呆気に取られただけだった。

と言うか、クラウス達も首を傾げていたよ。私が無事だったことは勿論だけど、護衛に付いてくれていた黒騎士達も呪物の存在に気付かなかったんだから。

だけど、その呪物が強力だったのは確かなようで、『隊長でなければ解呪は難しい』と、黒騎士達は口にしていた。間違いなく、私は『誰か』に守られていたのだろうね。

『解呪なら、魔導師に任せてはどうか？』って？　うーん……確かに、ミヅキならば解呪はできる……と言うか、術式を壊すことはできるだろう。

だけど、犯人まで辿ることはできないんだ。あの子、この世界の魔法は使えないから。頼む場合は命優先の、最終手段扱いになるだろう。

……それにね、実はその後、アルバートが奇妙なことを言っていたんだ。

『ここ数日、親猫（偽）の腹の下に何か置かれているようですが、意味があるのですか？』

私にそんなことをした記憶はないし、誰に聞いても『知らない』としか言われなかった。アルバートはあの猫達を気に入っているから、気付いたのかもしれないけれど……『誰も気づかなかったし、そんなことをしていない』というのも奇妙な話なんだよね。

だけど、そう言われてみると……確かにここ数日、子猫（偽）は親猫（偽）の前足の間に居なかった。何故か、親猫（偽）と向かい合うような形で置かれていたんだよ。そんな風に置かれることって、あまりないんだけど。

確認したけど、親猫（偽）の腹の下には何もなかった。と言うか、当たり前のように子猫（偽）が前足の間に収まっていたよ。――まるで、そこが定位置だと言うように。

そうそう、その犯人の取り調べの際、興味本位でぬいぐるみを見せてみたんだけど……何故か、犯人はぬいぐるみを異様に怖がっていたらしい。

そのまま、面白いくらい簡単に口を割ったそうだ。なんでも、拘束中は猫に襲われる夢を見続けたとか。まあ、あくまでも本人がそう言っていただけで、事実かどうか確かめる術（すべ）はないんだけど。

私の話はこれで終わりだ。不思議な話、という感じかな。

ところでね？　クラウス、ミヅキ。

君達、本当〜に！　あのぬいぐるみ達に何もしてないよね……？

第七話『イルフェナであった怖い話（？）』其の六

――イルフェナ・騎士寮にて（魔術師の弟子視点）

「……それ、別におかしな話じゃないかも」

エルシュオン殿下の話の後、説教を受けていた魔導師殿は……ぽつりと呟いた。

『あの、【おかしな話じゃない】とは？』

思わず疑問を口にすると、魔導師殿は肩を竦めた。

「魔王様の話にあったでしょ。『ぬいぐるみに自我が芽生えて、守り手になっている』ってやつ。あれ、私の世界的に言うと……まあ、オカルト方面のことになるんだけど。似たような話は沢山あるの」

『何と……！』

魔導師殿は魔法のない世界出身だと聞いている。ただ、魔力を持った人は居るらしく、彼女自身の魔力は高いと聞いていた。

黒騎士達の予想では、『【魔法がない】と言うより、【魔法が発動しない世界】なのではないか？』となっているらしい。

魔力を抑制されるのか、魔力が何らかの要因で打ち消されるのかは判らないが、とにかく『個人』ではなく、『世界』に原因があるのではないかと。

その仮説を裏付けるのが、魔導師殿自身の存在と……彼女曰くの『オカルト』という文化。

魔導師殿によれば、『魔法のない世界における、説明がつかない怪奇現象』とのことだった。

……。

確かに、魔法のない世界であったならば、『不可思議な出来事』や『怪奇現象』と称するしかないだろう。例を出すなら、先ほどから要所要所で説明を求められている黒騎士達の見解だ。

彼らはこの場で語られる話に登場する不可思議な出来事に対し、『魔法を使えば可能か、否か』という方向で考えていた。

勿論、これは黒騎士達だけではなく、この場に居る全員が同じ方向で考えていただろう。

言い換えれば、『この世界において、魔法ならば説明がついてしまう出来事』なのだ。

だが、魔法がない世界であったならば。……『魔法が発動しない世界』という前提で、その不可思議な現象が起きたならば。

先ほどから語られている話のどれも、『説明がつかない出来事』としか言いようがあるまい。

辛うじて、占いや簡単な予知――ある程度の情報や条件が揃えば、予想ができるもの限定――が可能だったとしても、それ以外は無理な話だろう。

人の手に成る呪術のようなものが魔法とは全く別の方法で確立しており、魔力を使うことなく、それらを行使できなければならないじゃないか。そもそも、アルジェント殿達の話にあった『存在しないはずの人』など、どう考えても不可能である。

アベル殿達の話に出てきた『神にも等しい存在』は……『異世界より来たもの』、『我々とは全く違う存在』という二点が事実であれば、可能なのかもしれないが。

まあ、こちらも限りなくゼロに近い確率だろう。そもそも、世界中に『オカルト』とやらが目撃されている場合、それなりの数が魔導師殿の世界を訪れているはずじゃないか。

「ミヅキの世界では、ぬいぐるみが動いたりするのかい？」

「ん～……ぬいぐるみに限定されずとも、『生き物を模したもの』は動いたとか聞きますね。『依代（よりしろ）』になって『何かに憑依（ひょうい）されている』という場合と、付喪神（つくもがみ）のように『長い年月を経て魂が宿る』場合、後は……周囲の認識によって、『生きている』と思い込む場合とか」

「最後のはどういうことかな？　無機物……命なき【物】なんだろう？」

「周囲の認識が多大に影響する……といったやつだったと思います。人形を恋人のように扱い続けた結果、人形自身もそう思い込んで魂が宿る、みたいな？」

「……」

皆の脳裏に思い浮かんだのは、きっと、猫のぬいぐるみ。それも、日頃から『猫親子』と言われている二人を猫に喩えたもの。

魔導師殿の話が事実ならば、その猫のぬいぐるみ達に自我が宿っても不思議ではあるまい。なにせ、周囲からは『猫のぬいぐるみ』というより、『人間の二人が猫になった姿』的な認識をされているのだから。

しかも、常にエルシュオン殿下や魔導師殿、黒騎士達の魔力に晒されている。言い方は悪いが、自我のある呪物になっていても不思議ではないような。


「ま、まあ、あの猫達に関しては問題ないじゃないですか！」

「そうです！　殿下の話が事実ならば、殿下を守っているようですし！」

どこか慌てた口調で双子の騎士達がフォローすると、人々――エルシュオン殿下と魔導師殿以外――は揃って『人間版猫親子』（意訳）に視線を向け。

「問題はなさそうだな」

「性格すらこの二人を模しているようですし、大丈夫でしょう」

あっさりと『問題なし』という判断を下した。どうやら、それが呪物であろうとも、守りとなっているならば問題はない模様。

……。


本当にいいのか、それで。

「ま、まあ、クラウス達が問題ないと判断したんだ。次の話にいこうか」

私の微妙な表情に気付いたエルシュオン殿下が、慌てたように話を打ち切り。

私は気分を切り替え、次の話を聞くことにした。

……呆れたとか、常識的な見解を諦めたわけではない。ないったら、ない！

※※※※※※

『存在しないはずの場所』（語り手：ミヅキ）

次は私だよ！　だけど、私はどうにもそういった『得体の知れない存在』って奴と相性が悪いらしくてね……。うん、ほぼそういった存在とは遭遇しないし、怖い経験もない。

……あ？　『向こうだって、相手は選びたい』？

『存在自体がオカルト一歩手前』……？

そうか、そうか、そういうことを言うんだね♪　……騎士ズ、後でちょっと騎士寮の裏に来い。

言葉と物理でのお話があります。拒否は勿論、認めない！

さて、気を取り直して！

あ、そこで固まっている双子は無視していいよ。自業自得です。口は災いの元と知れ。

まず、大前提として。改めて言うけど、『私の世界には魔法が存在しない』。ここ重要。だって、魔法があったらどうにかできちゃうって、私自身が思うもの。

この世界に来て、かなり強引な方法で魔法が使えるようになったからこそ、黒騎士達の仮説を否定できないんだ。

うん、そう、『魔法が発動しない世界』ってやつ。言い方は悪いけれど、魔法って『魔力を持っている人間が試行錯誤すれば、何とかなっちゃう』からね。

証拠は私自身だよ。魔法がこの世界に伝わる遣り方でしか発動しないなら、私は魔導師どころか、魔法が全く使えないだろうからね。

それで、だ。

魔法がない代わり、私の世界では『科学』とか、この世界にはない知識や技術が発達しているんだよ。所謂、『人の手によって作り上げられた技術』ってやつ。

判りやすい例を出すなら、医療技術かな。人の体の構成とか仕組み、自然治癒とはどういったものかという知識……この世界にはないでしょ？　細胞といった言葉なんかもね。

だって、そんな知識は必要ない。この世界には『魔法があるから』。

そういったものより、治癒魔法の研究をした方がずっと確実なんだもん。

私は医者じゃないけれど、ある程度の知識ならあるんだよ。簡単なことなら、誰もが習うからね。

……え？　『凄い』って？

うーん……確かに、そういった知識を身に付ける機会が誰にでもあることは凄いと思う。

だけど、私の世界の人間から見た場合、魔法があることの方が凄いんじゃないかな？　治癒魔法や解毒魔法が私の世界にあったら、間違いなく歴史が変わっているだろうからね。

と、言うか。この世界の魔法……もっと言うなら詠唱って、本当に凄いものだと思うよ？　……術者の負担や魔力が暴走する可能性すら考慮してある、安全性に優れたものなんだから。

どんなに凄い技術であっても、安全性が確立されなきゃ使えないでしょ？　被害だって洒落にならないもん。

そりゃ、詠唱が『固定された方法』である以上、魔法が発動しない場合もあるし、術者が有する魔力量に威力が比例するけど、『誰でも安全に扱える』っていうことは変わらない。

まあ、魔術師は研究職だから、それを自分で改良するんだろうけど……その場合に伴う危険は自己責任でしょ。安全装置を外しているようなものだしね。

……話を戻すね。

そんなわけで、私の世界にはその高い技術力を利用した娯楽なんてものが多数存在する。体感型ゲームもその一つ。これは疑似世界に自分の分身となる『アバター』と呼ばれる存在を作り出して行なうもの……って感じかな。

うん、そのアバターは自分の分身だから、感覚なんかもある程度は共有してるよ。見た目も弄れるから、様々な外見のアバターが存在する。

逆に言うと、そのアバターの設定になりきって遊ぶ人も居るんだ。本体は凄く礼儀正しい人なのに、アバターの時は自由奔放、とかね。

だけど、あくまでも娯楽だから、現実とは違う要素っていうのもある。

魔法が使えたり、通常ではあり得ない身体能力を発揮した剣技を扱えたりすることとかが一番有名かな。後は……痛覚なんかは、現実の何分の一かに設定されているよ。

『娯楽』だからね、これ。現実離れした世界を楽しむものだから、そういった面で明らかな違いがある。あくまでも『お遊び』であり、現実じゃないの。

それでね、当たり前なんだけど、参加者……プレイヤーは『アバター同士の交流になる』。勿論、本体同士の交流がある人達だっている。だけど、基本的には『疑似世界において、自分の分身同士が知り合っている』という感じ。まあ、仲良くはなれるんだけどね。

で、ですねー……それに纏わる『怖い話』というのが幾つか存在しているんだよ。

その一つが『閉鎖されたはずの疑似世界に行くことができる』ってやつ。

疑似世界は高い技術によって作り出されているものだから当然、維持費がかかる。定期的なメンテナンスだって必要。

だから、人気がないゲームは割と容赦なくサービスを終了したりする。これは仕方ないよね、慈善事業じゃないんだし。

そういった事情もあって、サービスを終了したゲームの疑似世界はある程度の期間を得た後、削除される『はず』なんだよ。中にはサービス終了と共に削除される場合もあるけど、『使われなくなった疑似世界は利用できない』ってことは一緒。

それなのに、サービスの終了を知らずにログイン……その疑似世界に行ってみたら、普通に存在していた、とかね。

——ただ、そういった世界は『奇妙と言うか、違和感を感じる』といった共通点があるらしい。

プレイヤーが居ないのは当たり前なんだけど、見たことがない敵が出現した、とか。

元からその世界に存在する『住人』の言動が、物凄く不穏なものになっていた、とか。

とにかく、不気味な仕様になっている……というのが、怖い話における定番かな。

だけど、当事者であるプレイヤーは疑似世界がそういう仕様になったと思っているから、最初は全く気付かない。運営側じゃないから、判断なんてできないものね。

疑似世界でそれらを経験して驚き、現実世界に戻ってから仕様変更の確認をしようとしたらサービスの終了を知って、慌ててもう一度行こうとしても……行くことができない。

だから、『検証できない』。何故か、その時に撮った画像なんかもバグっているから、証拠になるものが存在しないんだよ。よって、開発会社への問い合わせも無理。

ちなみにこれ、幸運な方の話ね。

不幸と言うか、悲惨な話になると、『そのまま現実世界に帰って来れない』とかになってるし。

……ん？　そう、『本人が帰って来れない』ってことになってるの。当然、『その話は誰から聞いた？』ってことになる。

だから、そういった要素も含めて『怖い話』なんだよ。

誰かの創作でもない限り、『故意に広めた輩が居る』ってことなんだから。

それ、何のためだと思う？　私はね……『興味を持った人を、疑似世界に来させるため』だと思っている。

さっきも言ったけど、疑似世界を使ったゲームは『遊んでいるプレイヤーが必須』なんだもの。

それにさ……元からその疑似世界の住人として作られている存在だって居るんだよ？　人と変わらぬ受け答えができ、多くのプレイヤー達と交流してきた存在がね。

彼らが設定されたもの以外の意識を持ち、消滅に納得していなかったら？

感情が芽生えた彼らが、『寂しい』という気持ちのまま、現実世界の友人を呼んだら？

そして……呼ぶだけでは満足せず、閉じ込めようとしたならば。

疑似世界内とは言え、人として扱われてきた存在なんだよ？　それも『数多くのプレイヤー達がそう認識してきた存在』！

自我を持っても不思議はないし、疑似世界はある意味、彼らのテリトリー。外部からの干渉を遮断してしまえば、助ける術はない。そもそも、『すでに存在していない世界のはず』だしね。『被害者』が居なくなってしまえば、真相は闇の中。接点だった疑似世界がすでに失われている――少なくとも、現実世界ではそうなっている――以上、他のプレイヤー達への警告も不可能でしょう。

そして、噂のみが伝わっていく。新たな『住人』を招くために。……なんてね？

猫のぬいぐるみ達ってさ、皆に本物の猫のように可愛がられているし、私と魔王様の猫版みたいな認識をしている人達が大半じゃない？

だからさ……本当に『そういう存在』になっても不思議はないと思う。魔王様の魔力を常に浴びている状態だし、可能性はあるよね。

……。

あのですね、実は私、一つの噂を聞いたことがあるんですよ。

それは『王城内で猫を見掛ける』ってやつ。目撃情報によると、黒い子猫らしいよ？　まあ、黒い猫なんて沢山居るから、どこからか入り込んでいるって思っている人が大半みたい。

だけど、魔王様の話を聞くと……あの子達、ガチで動いているかもしれないな～、なんて。

その猫も『夜、たまに見かける程度』という話だから、どちらかと言うと、野良猫が入り込んでいる説が有力なんだけどね。

でもねぇ……本当に動いてたりしませんかねぇ？　私は期待しちゃうぞ？

第八話『猫型セキュリティ』

其の一『目覚め』

彼らはぬいぐるみであった。ただし、元から明確なモデルが居る上、誰もがその二体を『ぬいぐるみ版猫親子』として見ており、人間版と同じように扱っていた。

言霊（ことだま）、付喪神といった存在があるように、言葉や他者からの認識には力がある。結果として、彼らが自我を持つのは時間の問題であった。

……ただし、彼らが明確な自我を得たのは、其々、異なる場所だったたり。

親猫（偽）は、ガニアでミヅキの抱き枕と化している間に。

子猫（偽）は、エルシュオンに何だかんだと構われている最中に。

場所も状況も違えど、彼らは其々、元となった人間に構われ、影響と魔力を受けたのである。

……が、その状況が問題であった。

当時、ミヅキはガニアに攫われ、王弟一派をメている真っ最中。毅然とした対応ができないガニア王のこともあり、ストレスは溜まる一方であった。

そんな中、クラレンスから『頑張れますね？』と脅迫……いやいや、激励されながら渡されたのが親猫（偽）。

そのふわふわな毛並みと大きな体躯、そして何より、遠い国に居る飼い主――エルシュオンのこと――を思い起こさせるその姿。

ミヅキが己の癒しとして、親猫（偽）を抱き枕にするのは必然だったろう。ただし、やらかしていたことは非常に物騒だった。

『あのクズども、いつか殺す……！』

ミヅキは遣られっ放しで済ます気など欠片もなく、報復に向けてメラメラと殺意と闘志を燃やしていたのだった。

ただ、彼女の計画――『シュアンゼを守る』というエルシュオンの命令を達成するには、ある程度の状況証拠と相手の有責が必要になる。その上、現地の協力者がほぼ居ない状況。

結果として、ミヅキの愚痴を聞く者は親猫（偽）のみなのだった。ガニアでは好き勝手していたミヅキだが、愚痴を零せるのが就寝前の一時というくらい窮屈な生活をしていたのである。


――その分、王弟達への報復は壮絶なものになったが。


鬼畜外道・自己中と称される魔導師を怒らせると、ろくなことにならない典型であろう。エルシュオンを狙うなど、愚かの極み！　双子に至っては『自殺願望でもあるのか？』と馬鹿正直な感想を述べる始末である。

まあ、ともかく。

親猫（偽）の自我が芽生えたのは、そんな状況だったのだ。

そうは言っても、当時の親猫（偽）は本当に自我が芽生えた程度。その上、聞かされるのは殺意の籠もった愚痴である。

これだけならば単なる呪物になってもおかしくはなかったが、幸いにも、親猫（偽）は元になった存在の性格すら模していた。

朧気ながらも、親猫（偽）は悟った。『この子は自分が守るべき子だ』と。

ただ、残念なことに、今の彼はほぼただのぬいぐるみ。そのふかふかの腹に、ミヅキの顔を埋めてやることしかできない。

手助けすらできないならば、せめてその眠りだけでも守ってやらなければ。

時折、纏わり付いてくる嫌な気配――おそらくは、王弟派の魔術師のもの――へと睨みを利かせ、『何も知らなくていい』とばかりに、寝落ちたミヅキの頭を包み込む。

そのままでも大した効果はないだろうが、『彼』とて『親猫』である。疲れて眠る子猫を前に、何もしないという選択はなかった。

――こうして、親猫（偽）の保護者意識は生まれ、ガンガン過保護を募らせていくことになる。

自我が芽生えた状況ゆえか、元となった人間よりも敵に容赦がない性格になったが、彼はぬいぐるみなのだ……人間の決まり事になど、従う謂れはない。

なお、親猫（偽）と同じように、子猫（偽）も元となった人間との差が生まれていた。

こちらは子猫の姿をしている上、構って来るエルシュオンがひたすら愛でていたせいであったり。

愛でられれば、懐く。それはもう、飼い主大好きな子猫の如く。そして、叱られなければ当然、抑止力といったものは存在しなくなる。

結果として、『子猫ゆえの無邪気さ』＋『狩猟種族的本能』といったものが多大に影響し。

子猫（偽）は元となった存在以上に、容赦のない性格となっていった。

抑止力となるものが全くない上、狩猟種族の姿をしていることが災いした模様。

ぬいぐるみ相手に説教しろとか、躾けろと言われても困るので、原因となったエルシュオンに非はないだろう。

そもそも、エルシュオンは傍に居ない黒猫を思い出し、案じていただけである。

その際、子猫（偽）の頭を撫でていたが、まさかそれらの行為がぬいぐるみに自我を芽生えさせる切っ掛けになるなんて、夢にも思うまい。

……まあ、エルシュオンに魔法の知識があれば、己の高過ぎる魔力が感情と共に向けられていたことに気付けたのかもしれないが、それを責めるのは酷であろう。

こうして、後に『猫型セキュリティ』と呼ばれるものが、誰も知らない所で爆誕していたのである。周囲の人間達が彼らのことに気付くのは、かなり後のことであった。

※※※※※※※

其の二『呪物事件の舞台裏』

●『起』～呪物、発見！～
『それ』は一人の人間の手によって、エルシュオンの執務室へと持ち込まれた。深夜の、人気のない執務室。当然ながら、重要な書類を置きっ放しにすることはない。

言い換えれば、精々が盗聴用の魔道具などが仕掛けられる程度なのである。ただし、エルシュオンの場合は微妙にこういった魔道具が発見しづらかった。

原因はエルシュオン自身の高過ぎる魔力である。

これが強力過ぎるあまり、些細な魔道具の存在が霞んでしまうのだ。

クラウスは昔からエルシュオンの魔力を知っているため、その違いに気付くことができる。

だが、言い換えれば、それくらいの長い時間を共に過ごしたクラウスでなければ、小さな気配に気づくことができない。

膨大な魔力を持つエルシュオンだが、実のところ、デメリットの方が大きいのだ。魔法を使うこともできないので、呪術が効きにくい体質であろうとも、マイナス要素のように感じてしまう。

だが、その膨大な魔力は本人の知らぬところで、『影の守護者』に日々、力を与えていたのだった。

『ふむ、呪物か』

回収した呪物を前に、親猫（偽）は目を眇めた。さっさと回収したはいいが、今は魔術に長けた幼馴染が不在である。

さて、どうしたものかと、親猫（偽）は頭を働かせた。

なお、子猫（偽）は部屋中を歩き回っていた。遊んでいるのではなく、他にもないか調べているのだ。小柄な分、こういったことは子猫（偽）の担当である。

やがて、子猫（偽）は親猫（偽）の下へと戻ってきた。

『他にはないみたい』

『そうかい。じゃあ、これ一つをどうにかすればいいわけか』

子猫（偽）は好奇心いっぱいに、親猫（偽）がどうするか眺めている。子猫（偽）は親猫（偽）に対し、無条件の信頼めいたものがあるので、心配はしていないようだ。

そんな姿を、親猫（偽）は暫し、眺め。

『私の腹の下に置いておこう。少しは影響を防げるはずだ』

『はぁい、判った！』

『と言うわけで、君は暫く、いつもの場所に居られないからね』

『え』

親猫（偽）は呪物を腹の下に仕舞った。

子猫（偽）は定位置を追い出された……！

●『承』～子猫（偽）の恨みは募る～

呪物を腹の下に隠した、親猫（偽）。ぞわぞわとした感覚に不快になるも、守るべくはこの部屋の主である。また、守護者を自負する彼ら的には喧嘩を売られたようなものなので、親猫（偽）は地味にお怒り中。

クラウスが戻るまで、この呪物の影響を抑え込まねばなるまい。もしも『飼い主』――猫達はエルシュオンをそう認識している――に影響が出たら、『もう一人の子猫』が心配してしまう。

守護者たる役目を自負すると同時に、彼にはミヅキの親猫としての矜持も芽生えていたのだった。エルシュオンの魔力をガンガン受ける日々は確実に、猫達に影響を及ぼしていたのだろう。

……が。

そんな健気な親猫（偽）の気持ちなど知らず、むくれる子猫が一匹。

『……』

『……』

『……』

『……』

『あの、そんなに睨み付けなくても。君だってこうする必要性は判っているだろう？』

『判っているけど、ムーカーつーくーのー！』

親猫（偽）としては、子猫（偽）を呪物などに関わらせたくないだけである。それゆえの措置だったのだが、お気に入りの居場所を追い出された子猫（偽）としては、面白くないらしい。

ジトっとした目を親猫（偽）の腹の下にある呪物に向け、始終睨み付けていた。

なんのことはない、ただの八つ当たりである。

『そこは！　私の！　場所！　退けよ、馬鹿ぁぁぁぁっ！』

『……』

『キライ！　キライ！　キライ！　キライ！　術者なんか、くたばっちまえー！』

この呪物は術者と繋がっている。おそらく、子猫（偽）が呪物へと向けた怒りや不満が、何らかの形で術者へと影響を及ぼしているだろうが……親猫（偽）に止める気は皆無であった。

寧ろ、『もっとやれ』とすら思っていた。狩猟種族に手加減などあるはずもなし。

子猫（偽）だけではない、寂しいのは親猫（偽）だって同じなのだ。

『はいはい、仕方のない子だね……』

そう言いつつも、親猫（偽）は地味に喜んでいる。こんな状況とは言え、子猫に懐かれるのは嬉しいのだ。だって、親猫だもの。

※※※※※※※※

●『転』～仕掛けていいのは、最終日だけ～

待ちに待った呪物最後の日。

子猫（偽）は夢という形で干渉してきた術者に対し、それはそれは生き生きと攻撃を行なっていた。なお、半分は自分の居場所（＝親猫の前足の間）を奪われた八つ当たりである。

これまでも牽制（けんせい）こそしていたが、攻撃まではしていなかった。こちらの攻撃に怯んだ挙句に、呪詛を中断されるのを防ぐためである。術者に逃げられてしまっても困るのだ。

だが、この夜が明ければクラウスが登城してくる。最後にして、唯一の報復の場であった。

『ちょ、え、な、何故、猫が……っ』

『お前、キライ！』

『痛っ⁉』

『そこは私の場所！　さっさと返せ！』

『い、いや、何のことだか、さっぱり……』

『お前がくだらないことをしたからだー！』

会話になっていない。というよりも、子猫（偽）が相手の言葉を聞いていない。

飼い主にもこの光景は見えているだろうが、言葉までは聞こえていないようだ。これも親猫

（偽）が呪物を抑え込んでいる成果であろう。

呆気に取られる飼い主を視界の端に収めつつ、親猫（偽）は人型をした『何か』へと生温かい視線を向けた。

呪物VS呪物ならば当然、個人的な恨みを募らせた狩猟種族に軍配が上がる。

猫は祟るものなのである。そして、彼らもある意味では呪物。

術者の敗因は、彼らをただのぬいぐるみと侮ったことにある。

ぬいぐるみであろうとも、彼らには元となった存在があり、周囲にも『猫親子』として認識されていた。それゆえに明確な自我を持ち、感情すら人間並み。

しかも魔王と称される飼い主の魔力を日々浴びているので、順調に強化されていっている。

今や、彼らも立派に呪物。ただし、どちらかと言えば付喪神とか守護精霊的なものに近い。

彼らを言葉で表すならば、『猫型セキュリティ』とでも言うのだろうか。ただし、このお猫様達には人間の柵などがないため、元ネタよりも凶暴な一面があったりする。

……そして。

彼らの驚異的なスピード呪物化はある意味、周囲の人間達が原因であった。

『猫親子を模したぬいぐるみ』ゆえに、周囲の認識とて自然と『そういうもの』になるのだ。

妙に早い自我の芽生えには、周囲の人々の想いが多々影響していたのである。

子猫（偽）の性格は器の影響もあって無邪気だが、幼子特有の残酷さも併せ持っている。その上、元になっているのがミヅキなので、凶暴っぷりも納得であろう。

そこに個人的な恨みが加わり、現在の状況なのだ。大人しいはずがない。

本日、親猫（偽）は本来の役目を果たすべく、忠実に飼い主を守っている。たまに仕掛けられる攻撃なんて、なんのその。

なお、親猫（偽）達に攻撃がされる度、子猫（偽）の殺意が上がっているのは言うまでもない。

術者は自ら、地雷を踏みに行っているのであった。

『失せろぉっ！』

『ぐ……っ』

術者に繋がっている人型には、子猫（偽）による容赦のない攻撃が繰り返されている。おそらく、術者の本体も無事では済まなかろう。

猫という存在を見誤ったゆえの、敗北であった。猫は飼い主を守るし、祟るのだ。

※※※※※※

●『結』～恨みは募るよ、どこまでも～

その後、クラウスの帰還と共に呪物事件はあっさりと解決を見せた。というのも、捕縛対象である魔術師——呪物を作った術者——が瀕死の状態であり、全くの無抵抗だったためだ。

なお、術者の悪夢は今なお続いている。


捕らえられた術者は語った……『猫が怖い』と。


意味が判らず、騎士達が話を聞くと、術者は怯えた表情のまま、こう述べた。『夢に猫が出てくるのだ』と。

最初は自分を見下ろしてくる『それ』が、何か判らなかったらしい。暗闇の中、ベッドに横たわったまま身動きできない己を、ただ見下ろす二対の目があったと。

一対は青く光り、もう一対は怒りを滲ませて、術者をじっと見降ろしていたそうだ。

やがて、ぼんやりと輪郭が判るようになり、その目が猫の目だと知った。それと同時に、術者は気付いてしまった……その猫達が、術者を瀕死に追い込んだ存在である、と！


逃れようにも、青い目に見つめられた体は全く動かすことができず。

人としての本能が、『動いたら殺られる！』と、朧気ながらに告げて来る。


それでも朝は来るし、騎士達の取り調べは行なわれるのだ。ただ、術者が心身共に怪我を負っているため、取り調べはそこまで厳しいものではない。

ゆえに、長引きかねなかったのだ。術者の自供がなければ、詳細など不明のままなのだから。

……が。

術者がそのように狡い思考を持ったことを悟ったのか、夢の中の猫達に変化が現れだした。大きな前足で、もしくは小さな体を使って、術者の鼻や口を塞ごうとしてくるのだ。

誰が見ても、殺す気満々である。事実、術者は幾度も夢の中で死を覚悟した。

そんな感じで夢がトラウマになりかけた頃、何故か、取り調べ室に『ある物』が置かれだしたのだ。

それは猫のぬいぐるみだった。金色の大型猫と黒い子猫の猫親子。

どう見ても、それは夢の中で術者を甚振ってくる者達であって。

それらを目にした途端、術者は悲鳴を上げて騎士に縋りついたという。『全て話すから、あの猫達をどこかへやってくれ！』と。

ただし、騎士達にとっては愛すべき猫親子を模したぬいぐるみでしかない。

首を傾げていると、そこにやってきた魔導師が状況を察し――

術者の正面にぬいぐるみを置いた。悪魔の所業である。

哀れな術者は悲鳴を上げ、今度こそ気絶し。目覚めた後は、怯えきった表情で全てを話したという。猫にボコられるだけあって、意外と根性がなかった模様。

予断だが、詳細を白状している間も、術者が唐突に『猫が……』と言い出すことがあった。……が、事件とは無関係とばかりに綺麗に無視された。

騎士達とて、愚かではない。何となくだが、ぬいぐるみ達が関わっていることを察していた。ただ、愛すべき猫親子（偽）に、要らん疑惑を持たせたくなかったため、無視しただけである。

ミヅキに騎士寮面子と呼ばれる皆様は魔王殿下直属の優秀な騎士であると同時に、ちょっとばかりアレな人々なのである。

仲間達の利になるならば、少しばかりの隠蔽工作など簡単にやってのけるのだ。

その後、猫親子（偽）は綺麗に洗われ、ふわふわの毛並みとなって、再び定位置たるエルシュオンの執務室に置かれていた。

その親猫（偽）の前足の間には、子猫（偽）が我が物顔で居座っていたという。

第九話　七不思議の合間の雑談　其の二

——イルフェナ・騎士寮にて（魔術師の弟子視点）

「……」

魔導師殿の世界における『怖い話』。全く馴染みがないにも拘わらず、この場に居る全員がある種の異様な雰囲気に飲まれていた。

馴染みがないどころか、この世界にはない技術のものであることも大きいけれど……私は少しだけ『オカルト』と呼ばれるものに恐怖を感じてしまった。

魔導師殿の世界には魔法が存在しない。

その代わりとでも言うように、様々な優れた技術があるという。

しかし。

そんな世界であっても、そのような不可思議なことが起こるのだ……！

この世界には魔法がある。しかも、クラウス殿の話を聞く限り、不可思議な現象などは『魔法でやろうと思えば、不可能ではない』。

言い方は悪いが、『魔法のある世界ならば、人の手によって引き起こされたもの』という解釈が可能なのだ。意味があるかは別にして、人が行なった可能性がある以上、恐怖は遠い。

だが……魔法がない世界ならば、『それ』はどのようにして引き起こされたのか？

ついつい、そう考えてしまう。高い技術を持っている世界においても、解明できない物事なんて。

「俺達の話に出てきた『森の主様』は、『別の世界から来た存在』っていう考え方もできるけど……」

アベル殿が呟けば。

「ミヅキっていう、実例を知ってるからな。だけど、ミヅキの話だと『オカルト』に該当するものは『解明できない【何か】』ってことになるもんな」

カイン殿が引き継ぐように、その可能性を口にする。

魔導師殿の世界にも不可思議な生き物の報告や、伝承などにしか残っていない存在が居るらしいけど、どうにも、魔導師殿の話に出てきたものとは違うような気がする。

半ば、無理矢理に解釈するならば……『疑似世界、もしくは疑似世界の住人が命を持った』とでも言うのだろうか。

命を作り出すなど、人の技ではない。だが、人のように暮らしてきた存在ならば、自我を持っても不思議ではないような気がした。

例を出すなら、先ほどの話に登場した猫のぬいぐるみだろう。

エルシュオン殿下と魔導師殿を模した物ということもあるが、周囲の人間達がまるで生きている存在であるかのように接していたと言うじゃないか。

その結果が、自我の芽生えならば……魔導師殿の言う疑似世界で同じことが起きても不思議はない。魔法が発動しなくとも魔力が存在するなら、ぬいぐるみ達と条件は同じはず。

……そこを訪れる『プレイヤー』という多くの人間達に、彼らは人として扱われているのだから。人としての自我が生まれる可能性はゼロではない。

「クラウス、魔法でもやっぱり可能なのかい？　その、人形に人と思い込ませることって」

エルシュオン殿下の問いかけに、クラウス殿は肩を竦めた。

「判らん。そもそも、人形に自我……最低限、自分の意思を示せるような機能がなければ、それを確認することができないからな」

「ああ、それもそうか」

「ただ動かすだけなら、可能なんだがな。まあ、人形を呪物に仕立てて、ターゲットを狙わせる……というものになるが」

それは少し違うような。

そう思ったのは私だけではなかったらしく、何人かが顔を引き攣らせた。

「いや、それは単なる暗殺目的の呪物じゃないかな」

「そうだ。だから、『初めから目的を組み込んでおく』という状態になる。この世界で人形が動いた場合、これが疑われるだろう。わざわざ人形に自我を持たせる……という研究でもしていない限りは」

どうやら、『人形に自我を持たせる』という研究はあまりされていないらしい。

「暗殺とか労働に使うなら、動く人形って便利そうだけど」

疑問に思ったのか、魔導師殿が声を上げる。だが、クラウス殿は首を横に振った。

「そう思われていた時期もあったんだが……自我の形成には至らなかったんだ。単純な命令を組み込むことなら可能なんだが、状況に応じた判断ができない」

「えっと……？」

「判りやすく言うなら、人間のような対処ができないんだ。例えば……農作業を一通り命令として組み込んだとする。その場合、その命令通りにしか動かないんだ。雨が降っていようとも、水をやる……といった感じにな」

「ああ……そういうこと」

「状況に応じた判断をするには、やはり自我が必要になる。そして、人形という無機物相手にそれを形成させるのは至難の業(わざ)だ。成功例を聞いたことがない」

誰もが納得の表情になる中、クラウス殿は『不可能に近い』と言い切った。それでも完全に否定しないあたり、クラウス殿は魔法の可能性を信じているのだろう。

「ってことは、クラウスでも私が話したやつの解明はできないってこと？」

「実際にどういったものか経験していないから、何とも言えないが……お前の話だと、その疑似世界の住人とやらは最初から性格などが組み込まれているんだろう？」

「うん」

「だったら、今、俺が話した内容と一致する。命令以外の行動を取っている以上、『誰か』の介入があったか、組み込まれた命令そのものに変更があったか。そのどちらかを疑うだろうな」

魔導師殿の話では、製作した側も意図しない出来事……ということだったはず。ならば、クラウス殿が提示した可能性はどちらも違うということになるだろう。

しいて言うなら……その『介入した第三者』とやらが、魔導師殿曰くの『オカルト』に該当するということだろうか。

愉快犯が故意に手を出す可能性もあるだろうが、そのためには『疑似世界が存在している』ということが必須になる。つまり、不可能。

そう考えると、やはり『説明のつかないこと』になってしまうのだろう。

「ミヅキの世界の方がそういった案件は多そうだね」

「ですねー。クラウスでも解明できないあたり、オカルト案件はそれなりに存在してそうです」

「正直なところ、君が居た世界とは技術の差があり過ぎてよく判らないけれど……『魔法でも不可能なこと』、もしくは『意図しない出来事』が発生する場合があることだけは理解できた」

そう言って皆の考察を締め括ると、エルシュオン殿下は次の話を促した。

「さて、最後だ。最後に話をしてくれるのは誰かな?」

第十話『イルフェナであった怖い話(?)』其の七

『ある人形の話』(語り手:ゴードン)

ふむ、私が最後かね。

それでは話すとしよう……とても幸せで、同時に不幸な人形のことを。

……ん? 『なぜ幸福と不幸が同時に起こっているのか?』だって?

……。

すまないね、確かに混乱する言い方だった。だが、そうとしか言いようがないのだよ。

まず、『幸福』も、『不幸』も、『人形ではない、第三者である者の解釈』ということだ。他者からの評価というのは客観的に見える反面、本人にとっては事実ではない可能性もあるだろう?

『誰か』から見れば、不幸にしか思えない出来事も。

『本人』から見れば、不幸どころか幸せなことだったりする。

まあ、大抵の場合、『誰の視点から見た評価になるか』ということを明確にする必要があるのだろうね。『幸せ』なんて多種多様、本人にしか判断しようがないのだから。

例を出すなら、ミヅキだろうか。この世界において、ミヅキがこれまで経験してきたことを例にすると、判りやすいと思うぞ。

そもそも、普通は『体一つで、常識すら違う可能性がある世界に放り出される』と聞くと、不幸以外の何物でもないだろう？

実に理不尽で、本人にとっては、『不運』という言葉で片付けるのが無理なほど、大きな出来事ではないだろうか。

前例がある以上、異世界人に理解がある者達は手を貸してくれるだろうが……その根底にある感情は『哀れみ』だ。

理不尽な目に遭って、他者からは意味の判らない同情や哀れみを向けられる……それらの感情が、異世界人に無慈悲な現実を突き付けるものになるとは思わずに。

……なに？『魔導師殿も色々と悩んだのか？』だと。

いや、それがなぁ……ミヅキは呆れるほど逞しかったのだよ。思考の切り替えが早かっただけでなく、生きるための知識を得ることにも貪欲だった。

……そして、本人がそんな調子だったからこそ、周囲の認識から同情や哀れみが消えたのだろうね。

……。

……そのような感情を向けていること自体を、アホらしく感じるだろうからな。

ま、まあ、要は『どういった意味であれ、本人がその状況を楽しんでいる』と知れたようなものだからね。哀れみを向けようとも、対象である『可哀想な存在』が居ないと理解できれば、さぞ、自分が滑稽に映ったことだろう。


ただ、ミヅキの場合は魔法にはしゃいでいただけかもしれないが。


結局は『本人がどう思うか』、ということなのだろうね。己の置かれた状況や周囲から向けられる感情、そして今後への展望。向けられた哀れみとて、生きるために利用することがあるかもしれないだろう？　庇護すべき存在だと、認識させることもまた、生きる術の一つなのだから。

だが、一度植え付けられた認識を覆すのは、時としてとても困難になる。本人が否定しようとも、それを遠慮や謙虚な態度と受け取られてしまうことも多いのだから。

そういった意味では、過剰に悲劇の人ぶらない方が生きやすいだろう。この世界の住人達と対等な関係を望むならば、嘆くばかりではいられないはずだからね。

さて、そろそろ本題にいこうか。私が話すのは、『傍に居た第三者から見て』不幸であり、同時に幸運でもあったかもしれない人形の話だ。


その人形は当初、ある魔術師が実験に使っていただけだった。

彼の目的は『人形の自我の形成』。先ほどから雑談でも話し合われていたが、これは非常に困難なものとされている。

まあ、すでに誰かが成功させたことをなぞっても仕方ないだろうし、この研究が認められれば、歴史に名を遺す魔術師になれただろう。

当たり前だが、そうそう成功するはずはない。また、その魔術師は偏屈と言うか、極度の人嫌いで……彼の動向に気を配るような者も居ない状況だった。

はっきり言ってしまうと、男は根っからの研究者でな。認められたいと思う野心もあっただろうが、それ以上に、己の研究に没頭してしまうタイプだったのだよ。


だから、だろうか……『ささやかな奇跡』が起きてしまったのは。


はじめは人形の僅かな動きだった。それだけでも魔術師は歓喜したが、いかんせん『そうなった理由が全くの不明』ときた。

実験以外の要因があった、神の気まぐれ、何らかの予期せぬ出来事が知らぬうちに起こった……考え出せばきりがなかった。

そこで魔術師がとったのは、『さらに明確な自我を持たせてみる』という方法だった。本人である人形からの視点ならば、何か判ることもあるだろう、とね。

だが、人形は動き始めたばかり。それを教育するのは、赤子を育てるようなもの。

当初は苦労の連続だったろう。それでも魔術師が遣り遂げたのは……己の野心と、まるで自分を親のように慕う人形に情が湧いたのだろうな。

人形は少しずつ、少しずつだが『人間らしくなっていった』。

そして、魔術師が親の様に面倒を見たせいだろうか……人形は自分を人間だと思うようになっていったんだ。

これに気付いた時、魔術師は歓喜した。ある意味、夢が叶ったわけだからね。そして、『このまま人間と思い込ませておこう』と決めたんだ。

人形には自我どころか、感情があると匂わせる行動が増えていたからね。人間のように過ごさせることとて、不可能ではないと思ったのだろう。

ただでさえ精巧な作りの人形なのに、自我や感情が宿れば、人間と大差ない。稀に訪ねて来る者に『酷い記憶喪失の行き倒れを拾った』と説明しても、何の疑問も抱かれない程度には。

まあ、そんな真似が可能だったのは、生みの親たる魔術師の献身と誘導が主な理由だろう。

当初の『他者への対応がぎこちない』ことは、『怪我をしたことによる、精神的な後遺症』とし。

『言葉を発する時に生じる僅かな違和感』は、認識阻害の魔法をかけて対処して。

小さな努力を積み重ね、魔術師は人形を『人間のような存在』にしていった。人形の方に自我があったこともあり、主でもある魔術師の献身に応えたかったのだろうな。

そうして、日々を過ごすうち——人形は自分を人間と思い込み、魔術師とは家族のような関係を築くまでになっていた。

だが、所詮は人形……人間の様に見せ掛けられるのは、魔術師の献身があってこそ。一度でも違和感を覚えられ、調べられれば、即座に彼が人間ではないとバレてしまう。

何より、魔術師が恐れたのは、『人形が己を人間と思い込んだまま、魔術師が居なくなること』だった。

その頃になると、魔術師の人形への態度は完全に息子に対するそれであり、自分亡き後のことを考えるようになっていたんだ。

彼を絶望させたまま、誰かの実験対象になることを回避したかったのだろう。

自分が守ってやれるうちはいい。だが、死んだ後、あの子は己という異質な存在を受け入れることができるだろうか。

自我や感情がある、人間と大差ない存在として接してくれる者がどれほど居るのだろうか。

魔術師は優秀だったが、人間だった。老いには逆らえない。だけど、彼にとっては己の創造物であり、それ以上に可愛い息子である存在を、『命なき物』として扱われたくはなかったんだ。

まあ、確かに自分を慕う人形は可愛かろう。魔術師は傍に人を置かなかったが、決して冷たい人間ではなかった。

やがて、彼は魔術師としての功績を捨てようとも、人形を守る決意を固めた。

人形を家族として認識し始めた時に、魔術師が進むべき道は定まっていたのだろう。そんな奴だからこそ、人形に奇跡が起きたのかもしれないな。

魔術師は数少ない友人であり、人形を『命ある者』として扱ってくれそうな男の下を訪ねた。そして、自分亡き後のことを頼めるのはこいつしか居ないと、必死に縋った。

『どうか、あの子に【人間のような最期】を』と。

『己の真実を知り、絶望するにしても、恨むべくは異質な存在を【育てた】私である』。そう伝えて欲しいとな。

……ん？　『保護してくれ、ではないのか？』だと。

……。

それが可能であったなら、魔術師とてそうしたかったのだろう。だが……それは不可能だと悟っていたのだよ。誰よりも傍に居たからこそ、理解できてしまったのかもしれんな。

まして、人間に交じって生活すれば、数年のうちに、周囲は人形の異様さに気付いてしまう。そうなれば、化け物扱いは必至。その後の扱いがどうなるかなんて、たやすく想像できる。

老いがなく、食事を摂らず、己を人間と思い込んでいる……そう思い込まされた、哀れな人形。

人は異端に優しくはない。心無い言葉に傷つけられ、絶望の中で真実を知るよりも、優しい最期を迎えさせてやりたかったのだろう。

魔術師が願ったのは……人形の穏やかな『死』。

だが、情がないわけではない。寧ろ、情に厚いからこそ、魔術師はそう願った。

それが魔術師としての責任であり、親としての情だったのだろう。魔術師は不器用ではあったが、懐に入れた者には深い情を見せる男だったから。

もっとも……その『穏やかな死』を迎えさせる方法が判らなくはあった。

まあ、当然だろうな。人形自身に己が人形たる自覚があれば、創造者の言葉と愛情に感謝し、『命』を終えたのかもしれないが、それも憶測でしかない。

だが、最も厄介だったのは、人形自身に己という存在を自覚させることだった。それも単に事実を突き付けるのではなく、『納得させた上で、死を選ばせる』という難題だ。

頼られた方も多少は魔術の知識があるとはいえ、困ってしまったよ。そして悩んだ末に、信頼できる者達の協力を仰ぐことにした。彼らならば力になってくれる、と。

……。

さて、この話の中で最も怖いのは『人間のように命を持った人形』か、『人形を家族として慈しみながら、自分勝手にもその死を願う魔術師』か。

それとも、『魔術師に残酷な選択をさせた世間』か、『命ある人形を実験動物のように扱う可能性がある者達』か。

愛情ゆえの選択であろうとも、魔術師の身勝手さに嫌悪する者は居るだろう。けれど、我々は魔術師の懸念が事実であると……『実験動物のように利用される可能性がある』と知っている。

だからこそ……『親としての情』を見せた魔術師の願いを、無下にはできないのだよ。

私の話はこれで終わりだ。そして、その結末を決める者は『既に、ここに居る』。

……。

さて、ここまで話を聞いてきた『君』？

君はどこの誰で、どのような生活をしていたのかね？　生活習慣こそ人に擬えているようだが、『君自身が食事を摂った記憶』はあるかな？

よく思い出してほしい。君の大切な『先生』は……君とどのような生活をしていたのかね？

第十一話　人形の選択

――イルフェナ・騎士寮にて（魔術師の弟子視点）

ゴードン医師の言葉に、その問いかけに、私は混乱してしまった。

私が……人形？　ずっと『先生』と一緒に暮らしてきたし、数こそ少ないけれど、他の人達とも関わってきた私が⁉


……。


本音を言えば……否定したい。けれど、心当たりがないわけじゃなかった。

確かに、私は食事をしたことがない。『先生』は『自分は魔術師だから、魔力補給のためにも必要』と言っていたから、魔術師ではない私には不要と思っていた。……思い込まされていた。

眠りさえも『体を横たえ、目を閉じて疲労を取る行為』としか教えられていないじゃないか。

きっとこれらは『人間ならば当たり前の行動』なのだろう。

ああ、だけど。『先生』が危惧したのは多分、それだけじゃない。本当に恐ろしいのは、私が何の情報もないまま、唐突に人形であると自覚してしまうことではなかろうか。

そうなってしまえば、きっと誰の言葉も届かず壊れていくだけだ。唯一、無条件に信じた存在は、すでにこの世に居ないのだから。

それに。

『先生』が居なくなってから、少しだけ違和感を感じ始めていたんだ。そもそも、この会に呼ばれたこと自体、私にとっては有り得ない事態だったのだから。

『先生』は国に仕えるような立場ではなかった。勿論、助手の私も同じく。

唐突な呼び出しと、『七不思議の会』とやらへの参加要請に驚くばかりだったけれど、普通に考えればおかしなことであろう。

そんなことを抜きにしても、エルシュオン殿下はこの国の第二王子で、たやすく会える方ではない。ならば、最初から『何らかの目的があった』と考えるべきじゃないか。

そして、エルシュオン殿下に纏わる噂——魔力が高過ぎて、無意識に威圧を与えてしまう——が事実である以上、私の態度は明らかにおかしいだろう。

何せ、私は『エルシュオン殿下の威圧を感じない』。

高過ぎる魔力による威圧が生き物の本能に訴えるものであるならば……『私が平然としていること』は明らかにおかしいのだ。

勿論、今この部屋に居る騎士達の様に、『慣れて平気になった』という人も一定数は居るだろう。

だが、私はそれに当て嵌まらない……確かに、『命なき者』である証明だ。

「私は君に委ねたい。君自身のことという意味もあるが、君は自分で考えて答えを出すことができるようだからね」

現実を突き付けられて沈黙する私に、ゴードン医師の言葉は不思議と優しく響く。それは私に向けられている視線の数々に、嫌悪感といったものが含まれないせいもあるだろう。

そもそも、私という存在は『ある種の奇跡』と言ってしまえる状況なのだ……魔術師という立場から見て、喉から手が出るほどに欲しいと思われても仕方がない。

だが、そんな心配なんて不要だった。

向けられている視線はどれも私の選択を見届けるためのものであって、大半が私を気遣う色を滲ませているのだ。


それらは決して、私を追い詰めるものではない。寧ろ、案じてくれている。

そこに気付いた時、私は言い様のない感情が沸き上がるのを感じた。それを言葉に表すならば『喜び』だろう。

だが、それは私自身を案じてくれたから、という意味だけではないことにも気付いてしまった。

『あ……』

その瞬間、ぴたりとパーツが嵌ったように思考が鮮明になる。そして気付く『皆の優しさ』。

そう、そうだ、私は……この『七不思議の会』で話を聞き、登場する者達へと想いを馳せてきた。

それらは全て、私が答えを出すための布石だったのだろう。

アルジェント殿の話では、『世の中には不思議なことがある』という『事実』を知り。

クラウス殿の話では、『魔術師は身勝手な者が多い』という『困った現実』を思い知らされ。

双子の話からは、『神にも等しい者の存在』を感じ取り、同時に『人の欲の恐ろしさ』を学び。

エルシュオン殿下の話からは、『人の認識が及ぼす影響』について知った。

そして、魔導師殿の話は……『どれほど優れた技術があろうとも、解明できないものが存在する』ことを示していた。

『私という存在は……決して、夢物語で済まされるものではなく。存在することで、ある一定の人の興味を引いてしまうのですね……？』

「理解が早くて何よりだ。……惨いことを言うようだが、あいつが君に『死』を望むだけのことはあるのだよ」

『ですが、【先生】は私のことを研究成果として報告はしませんでした』

「それがあいつの選択だろう。簡単だが、とても重い選択だったと私は思う。野心があり、好奇心の塊のような魔術師が、家族の情を選ぶとはね」

ゴードン医師は苦笑しているが、私からすれば、申し訳ないやら、嬉しいやらである。『先生』はそんなことなど、一度も口にしなかった。口にはしなかったが……おそらく、私は守られていたのだろう。

クラウス殿の話、その懸念が事実ならば、『先生』が魔術師としての栄誉を選んだとしても不思議はない。寧ろ、魔術師らしい行動だと言える。

だが、『先生』は……正義感からではなく、『個人的な我侭』という感情の下、私という存在を世間から隠したのだ。

「君という存在が非常に稀有なものであることは、あいつが誰より理解できていた。奇跡、神秘、魔術の可能性……どんな言葉にも当て嵌められるだろう」

『異世界人がもたらしてきた技術があるからこそ、この世界の住人達は私の存在を完全に否定することはないのですね？』

「ああ。……言いたくはないが、君のようなケースが過去に存在した可能性も否定できないのだよ。ただし！　……そんな記録は『残されていない』」

『……』

記録が消された可能性がある、と言わんばかりのゴードン医師の表情に、それらが表に出せない結末を迎えた可能性があると思い至る。良い意味だった場合も同様に。

『存在を闇に葬られる』ということは、必ずしも悪意からのものではないからだ。寧ろ、今後のことを想定し、『その事実をなかったことにした』と考えた方がしっくりくる。


だからこそ、『先生』は私に最期を望んでくださったのか。

闇に葬られ、存在そのものを否定されるのではなく、命としての終わりを、と。


『私は……【先生】のご好意を無駄にしたくはありません。そう思っていることは事実です』

私の呟きに、皆が息を飲んだ気配がした。……ああ、本当に優しい方達だ。さすがは『先生』が私のことを託しただけはある。

そんな彼らの優しさを裏切るような、申し訳ない気持ちにもなってしまうのだけど。……同時に、これだけは譲れないのだと、その選択の裏にある私自身の気持ちを知っていて欲しかった。

『ですが、それは【先生】のお気持ちを無駄にしたくないという意味だけではなくて。……私自身の我侭からの選択なんです。私は……【先生】から与えられるもの全てが欲しい。最後に向けられた愛情も、その苦悩も……人形には有り得ない【死】というものすらも』

強欲、と言ってしまえるだろう。呆れられるのも仕方がないのかもしれない。

だけど、私はそう思ってしまった。自分に向けられた愛情を知った時、その裏で『先生』が犠牲にしたものを知りながらも、私は……嬉しかったのだから。

「いいじゃん、それが貴方の選択なんだから」

ひらひらと手を振りながら、魔導師殿が笑う。

「異世界人である私ですら、この世界のルールに従う謂れはないのよ。まあ、そこは自己責任なんだけどさ。だけど、貴方は人間であることよりも、命ある人形としての最期を望むわけでしょ？」

『はい』

「だったら、それでいいじゃない。人形に善悪なんて誰も求めないわよ。そもそも『自我を持たないこと』が当たり前なんだもの。後のことは『製作者の魔力が切れました』とでも言っておけばいいんだし、貴方が製作者至上主義だったとしても、誰も文句なんて言わないって！」

『え』

軽い口調で後押しする姿勢に絶句すると、クラウス殿がジトっとした目を魔導師殿に向ける。

「ミヅキ、一応、彼の存在は魔術師達にとって貴重な事例なんだが」

「クラウス、煩い。魔術師としてのプライドがあるなら、自分で作ってみなよ。……まあ、あんたは人型を模した魔道具の製作を禁じられているけど」

「く……！」

「自業自得ですよ、クラウス」

「そうだね、私達には生ける非常識のミヅキが居るからいいじゃないか」

「……」

何があったかは知らないが、クラウス殿は人型を模した魔道具の製作を禁じられているようだ。

その代案が魔導師殿というのもよく判らないが、彼らの間では話がついているのだろう。クラウス殿もそれ以上のことを言うつもりはないようで、やや不満を滲ませたまま沈黙している。

「それでは、君はあいつが望んだように、最期を望むと」

『ええ、ゴードン医師。それに……その方法もどうやら、探す必要はないみたいなんですよ』

「何……？」

ゴードン医師は怪訝そうな顔になるが、これぱかりは説明に困る。

『私が人形であることを自覚し、同時に《【先生】から与えられた命を持つ者》という事実を受け入れたせいでしょうか……先ほどの選択をした時から少しずつ、意識が曖昧になってきているんです。朧気になっていくと言った方がいいでしょうか』

それでも彼らには……私と『先生』のためにこの場を作り上げてくれた優しい人達には、言葉を尽くしたい。

そんな気持ちが、私を饒舌にさせている。……ああ、私も随分と我侭になったものだ。

『人の死がどのようなものかは判りません。ですが、私は間違いなく幸せに死ねるのでしょう。【先生】が向けてくれた愛情を知り、我侭でしかない選択さえも後押ししてもらった。これ以上の幸せがあるでしょうか』

人形には過ぎる幸せだ。勿論、私の記憶には楽しいことばかりではなかったけれど、それを踏まえて、人は『幸せな人生』というのではなかろうか。

本心から、そう思う。己の存在が奇跡と言われても困惑するばかりだが、『先生』からの愛情の賜と言われれば、素直に喜んでしまうのだから。

……そんな私に、魔導師殿は更なる幸せを授けてくれたのだ。

「貴方の先生って、本当に凄い人なんだねぇ」

『え？』

「だって、今回の舞台裏を知らなければ、人形だと思えないもの。無条件に製作者を慕うのではなく、慕うだけの理由がある。それに加えて、与えられるならば、死すらも嬉しく思う強欲さ。それって、間違いなく人間の思考じゃない。本来は自我がないはずの人形なのにね。それ、そこまで慕われた先生が凄いってことでしょ」

『……！』

魔導師殿は、私への餞別に偽りを口にしているようには思えなかった。元より、自分に素直な魔導師殿のことだ。本心からの言葉なのだろう。

その称賛に……『異世界人の魔導師』と恐れられ、他国の王ですら実力を認めている人物からの言葉に、私の顔には満面の笑みが浮かぶ。

『先生』、お聞きになられましたか。

貴方は魔術師達が憧れる魔導師から見ても、凄い人だそうですよ！

『……っ、ええ！　ええ！　【先生】は本当に、本当に凄い人なんですよ！』

それだけ口にした途端、私の意識が急速に消えていくのを感じる。力が抜け、椅子に座っているのも難しくなっていたのだろう。

崩れ落ちる体を、傍に居た騎士が支えてくれたのを感じるも……もう口が動かない。

『まったく、仕方のない奴だ』

……消え失せる意識の中、かつてよく聞いた『先生』の呆れたような、それでいて少し嬉しそうな声が聞こえた気がした。

第十二話　七不思議の終わりには

――数日後、騎士寮にて

「……それで、あれからどうなったんです？」

騎士寮に再び集った面子も同じ心境なのか、ゴードン先生へと視線を向けた。

あの七不思議の夜から、早数日。色々な事後処理はゴードン先生へと任せてしまったため、関わらなかった面子に、その後の情報はない。

……いや、『関わる必要性などない』のだろう。

だって、『ゴードン医師の知り合いのお弟子さんが亡くなっただけ』なのだから。


私達としては、『彼』のことを特別騒ぎ立てることはしたくない。その結果、医師でもあるゴードン先生の提案によって、前述した理由が適用されることになったのだ。

まあねぇ……『生きた人形は幸せな死を迎えました』とか言ったところで、誰も信じないわな。

と、言うか。

『彼』は多少の世間知らずさと言うか、微妙にずれた印象はあれど、マジで人間と変わらなかったのだ。ちょっと抜けているけど、真面目で礼儀正しい人って感じ。

これは数少ない、『彼』と交流のあった人達も同じ印象を持っていたと思われる。少なくとも、私達は当初、誰も『彼』が人形なんて信じていなかった。

製作者たる魔術師がフォローしていたとはいえ、これは快挙だろう。

『彼』はそれほどに……人間に近かったのだ。


「まず、戸籍を弄ったよ。『彼』はあいつの助手という扱いだったからな」

「あ〜……戸籍自体はあったんですか」

「ああ。ただ、『行き倒れていたところを保護した』という理由が使われていたので、天涯孤独という状態だったがね」

なるほど。それならば、他に血縁者が居なくても不審がられまい。

「そもそも、『何らかの要因で全ての記憶を失い、世間知らずな状態になっている。ただ、助けた魔術師へと恩を感じているのか、彼には無自覚の信頼を向けている』となっていた。まあ、これは周囲に『彼』への疑問を抱かせないための嘘なわけだが」

先生はちらりと、魔王様へと視線を向けた。対して、魔王様は一つ頷く。

「そこは問題ない。何らかの犯罪の形跡が見られるようなら問題だろうが、『彼』の場合は、誰がどう調べても、純粋な『保護』にしか思えなかったようだからね」

「へぇ……やっぱり、周囲もそう思っていたんですか」

「アル達に調べてもらったけれど、周囲からの評価は概ね『世間知らずな面もあるけれど、一生懸命な優しい人』という感じだったかな」

「ああ、そんな感じはしますね」

「ちなみに、『彼』の製作者たる魔術師の方が、遥かに社会性のない印象だね」

「え」

「偏屈と言うか、人付き合いを好まないと言うか。嫌悪はされていないし、悪い噂もない。だけど、親しい人は極少数だったんだ」

これには魔王様も苦笑するしかない模様。ゴードン先生は……ああ、納得の表情で頷いているや。魔王様の言った通りなんですね。

おい、人形の方が人間ができている気がするんだが？

もしや、人付き合いは人形任せだったんかい、製作者。

微妙に呆れた雰囲気が漂う中、魔王様は『まあ、そういった状況が【彼】をより人間に近い存在に育て上げたようだけど』と、フォローのような言葉を付け加えた。

ま、まあ、そうとも言える……かな？　う、うん、嘘ではないですね、嘘では！

「……話を戻すぞ。まあ、とにかく『彼』はあくまでも『助けられたはいいが、行く当ても記憶もない状態の青年』という扱いになっていてな。……製作者が死ぬ前に養子縁組をして、息子になっていたということにしたんだ」

「！　それって……」

「あいつには適任だろう？　それにな、『彼』の製作者である以上、嘘でもなかろう。何より……『彼』はあいつを親のように慕っていたからね」

思わず、唯一、『彼』と会った時のこと――『七不思議の会』の時のことを思い出す。

確かに、『彼』はどこか世間知らずと言うか、純粋な印象だったが、製作者たる魔術師のことは大尊敬していたように思う。

いや、尊敬と言うか……自慢の父、みたいな感じだったかな？　最期の時のことと言い、とにかく自慢の『先生』が認められるのが嬉しかったみたいなんだもの。

「まあ、それでも偽造だ。それもあって、殿下に事情を話し、協力を頼んだのだよ。突かれても、表向きは私が『手続きの完了には間に合わなかったが、亡き友の願いを叶えてやりたいと願った』となっているがね」

「かの魔術師殿が極力、人と関わらなかったのは事実だからね。だから、友人であるゴードンに事前に相談をしていた……ということにしたんだ」

「ああ、相談していたこと自体は嘘じゃないですもんね」

「そう。内容は違うけれど、相談していたこと自体は嘘じゃない。私がしたことは、彼の息子になれるよう『ほんの少し』申請と許可の下りた日付を弄っただけだよ」

魔王様はさらりと言うが、本来ならば、それは咎められるべきことなのだろう。ゴードン先生もそれが判っているのか、少しだけ申し訳なさそうに魔王様を眺めている。

それでも、魔王様はやってくれた。あの人形と過ごした時間があるからこそ、問題ないと判断したのかもしれないけれど。

「じゃあ、その魔術師の養子になったとして。最期を迎えた『彼』の扱いはどのように？」

『彼』はすでに死んでいる。見た目は若いから、死因も何かしら必要になってくるだろう。と、言うか。

死んだ後の『彼』は、それまでが嘘のように、人形にしか見えなかったんだよねぇ……。

それを見た誰もが思ったことだろう……『ああ、【彼】は確かに死んだのだな』と。

それほどまでに印象が違ったのだ。魂が抜け落ちた後と言うか、本当に、それまでの『彼』は生きていたんだなと思えたもの。

「『元から、それほど長生きできない状態だった』という診断書を書いておいた」

「……それ、嘘ってバレません？」

「いや、そうでもない。そもそも……製作者が不自然さを誤魔化すために、『後遺症がある』ということにしていたからね。それをそのまま使わせてもらったよ」

「ああ、そう言えば……」

確かに、そんな設定にしてあったような。なるほど、『彼』の死因すら、製作者は作り上げてくれていたのか。

勿論、当初は人形の不自然さを誤魔化すための理由だったろう。だが、それが『彼』の最期を不自然に思わせない布石になるなんて！

「それを知ったら、『彼』は大喜びしそうですよね。『先生は本当に凄い人でしょう！』って」

思い出すのは、『彼』の最期の笑顔。

心の底から喜んでいますと言わんばかりに、誇らしげな満面の笑み。

「……そうだな。今頃、あいつに報告でもしているだろうさ」

そう言ったゴードン先生は少しだけ寂しそうに、それでも笑みを浮かべて頷いた。

ゴードン先生からすれば、友人親子を失くしたようなもの。友人の願いを叶えられたことは喜ばしいが、寂しくないはずはない。

「私達が参列して、葬式でもしてやります？」

「ああ、頼みたいね。まあ、この面子では何事かと思われるかもしれないが」

そう言いつつも、ゴードン先生は少し嬉しそうだ。『彼』の死を認め、悼(いた)んでくれることが嬉しいのかもしれない。

「では、そのように取り計らいましょうか。私達とて、『彼』の純粋で、一途な様は嫌いではありませんからね」

「そうだな、ろくでもない貴族連中よりも、よっぽど好ましい」

アルとクラウスの言葉に、皆が頷く。……比較対象が悪いだけ、という言葉は飲み込んでおこう。私は空気の読める子です。黙ってスルーしますとも！

「やれやれ……随分と豪勢な見送りになりそうだな。あいつは派手なことを好まなそうではあるが」

「いいじゃないか、ゴードン。敬愛する魔術師にして、最愛の父親の隣ならば、『彼』も安心して眠れるだろう」

魔王様の発言、その気遣いに、ゴードン先生は軽く目を見開くと……僅かに目を潤ませたまま頷いて頭を下げた。魔王様の配慮がとても嬉しかった模様。

その後、魔王様の言葉通り、『彼』は葬儀の後、製作者である魔術師の隣に葬られた。

人形でしかない『彼』の体には魔法が掛けられ、徐々に朽ちていくため、最終的に人形の体自体は残らないそうだ。

魔術師が成し得た奇跡は、これで闇に葬られたこととなる。それでも、私達が覚えていればいいのだろう。


――奇跡を叶えた魔術師と人形は『親子』となって、今は静かに眠っている。

※※※※※※

おまけ『その後の猫親子』（エルシュオン視点）

「相変わらず、ふわふわ～♪　最高の癒しアイテム……！」

親猫（偽）を抱きしめ、ミヅキは上機嫌だ。報告書を無事に書き終え、書類仕事から解放されたことも大きいのだろう。

ミヅキが抱きしめているぬいぐるみも、一応、呪物疑惑が出ているのだが……生憎と私達に害はない。これはクラウス達も確認済みだ。

よって、以前と全く変わらない扱いになっている。気に入っているだけでなく、私達を守ってくれる存在なのだ。恐れるはずもなかった。

「やれやれ……君は親猫を取られてしまったようだけど、いいのかな？」

ついつい、机の上にある黒い子猫のぬいぐるみを撫でながら、独り言を。当たり前だが、返事が返ってくるなんて思ってはいない。

子猫（偽）と名付けられたこのぬいぐるみは、いつもならば、親猫（偽）の前足の間に収まっている。現在はミヅキが親猫（偽）を独占しているため、一時的に、私の執務机に避難中なのだ。

『ミヅキも親猫様の子猫だから、いいの』

「え」

そんな言葉が聞こえたような気がして、思わず、目の前の黒い子猫のぬいぐるみをガン見する。

……ただのぬいぐるみのようだ。やっぱり気のせいだったらしい。

ただし、この子達が呪物であるという疑惑を知っている身としては、気のせいで済ませていいものか迷うことも事実であって。

「まさか、ね……」

真実は闇の中。

第十三話　七不思議の後日談　其の一

——『一人かくれんぼ』が行なわれている館にて

全ての準備を終え、私は室内を見渡した。

「さてさて、一人かくれんぼの始まりですよー！」

※※※※※※※※

『七不思議の会』——実際には人形に自覚を促すための会だった——を終えた後、私達は『彼』の葬儀をし。折角だからと、私達は呑気(のんき)に酒盛りをしながら雑談をしていた。

あれです、葬式の後の精進落としの代わり。残念ながら、私達には『彼』や『彼の先生』の思い出がないので、そのままオカルト談議に突入したのだ。

そこで騎士達に聞かれたんだよねぇ……『怪異って、何ぞ？』と。

まあ、疑問に思っても仕方ない。私が彼らに話した百物語は『怖い話を語り終え、最後の蠟燭(ろうそく)が消された時、何かが起こる』というものだったのだから。

今回の『七不思議の会』は蠟燭を消したり、百話話したわけではないので、私の世界で言い伝えられている『百物語』とはかなり違う。

よって、『別物になったから、何事も起こらなかったのでは？』と考える人が一定数は居たのであ～る。いやはや、好奇心旺盛ですね！


なお、その殆どが黒騎士であることは言うまでもない。


黒騎士達は怪異やオカルト方面のものを『降霊術のようなものではないか？』と考えており、その前提から『そんなに簡単なことで、降霊術ができるのか？』という疑問を覚えたのだ。

う、うん、まあね？　魔法がある世界で死霊術師なんてものが実在――ただし、アンデッドを使役しているとこう呼ばれることが大半なので、非常に曖昧な位置付けらしい――する以上、そう思われても仕方はないのかも。

いや、だってねぇ……系統はともかく、それらは魔術師的にエリートでないと不可能らしいから。優秀さだけではなく魔力量も必要という、狭き門なのです。……方向性はともかくとして。

それが、ある程度の準備と怖い話だけで可能と聞かされれば、疑問に思っても仕方ないよね。

「言っておくけど、呼んだり、帰ってもらうだけで、使役することとは別物だよ？」

「そもそも、死霊を呼ぶこと自体が難しいんだが。どういった存在か、明確にされていないからな」

以上、私の指摘に対するクラウスのお答えである。なるほど、ろくにオカルト文化のないこの世界的には、そこが最難関に該当するのか。

……。

確かに、魔法はイメージが重要だ。そこで躓くと、降霊術とかの難易度は上がるのかも。

「呼び出す場合は、その対象の情報をより多く入手しておく必要がある。最低限、『死因』と『存在した国』程度は必要だろうな」

「えーと……つまり、戦場で死んだ人を呼び出すなら『いつ起きた戦で、どこの国の人』くらいの情報は必要ってこと？」

「それでも最低限だろうがな。文献によると、『呼び出される死者の記憶に強く焼き付いた情報』というものが重要らしい」

「うわぁ、激ムズじゃん！」

「それでも来てくれるかどうか。……特定の個人でない限り、こちらの声は届かないと思った方が良いらしい」

つまり、完全にゴースト側の気まぐれと言うか、運任せに近いことになる模様。

しかも、クラウスの言ったことが事実だった場合、『強く焼き付いた情報』とやらがないと、呼び出しは不可能ってことじゃないか。

確かに、黒騎士達の疑問は納得です。

それがこの世界の常識なら、『そんなに簡単に呼べるわけないだろ！』と思うのが当然か。

……で。

そんな黒騎士達に対し、つい言っちゃったんだよねぇ……『魔法のない世界でも、ほぼ確実に【何か】が来ると言われる方法があるんだけど』って。

その後のことは、お察しである。判りやすく言うと、以下の通り。


黒騎士達の目が光った！

クラウスは魔導師を捕獲した！

黒騎士達は魔導師から話を聞き出し、実行しようとしている……！


なお、実行者が私なのは『遣り方を知っている異世界人』という一言に尽きる。……多分、成功した暁（あかつき）には黒騎士達による検証が行なわれ、彼らも試す気だと思われる。

そんな私達を白騎士達は微笑ましく見守り、騎士ズは呆れた目を向け。唯一、魔王様だけが『危険はないのかい』と案じてくれた。……日頃の私への認識が判る一幕です。

「私、そういったものには全敗なんだけど。この世界なら、いけるかな？」

「とりあえず、実行する価値はあると思う。何かが来たならば、それは重要なサンプルになるだけだ。より精度を上げて、今後に期待するだけだな」

「……」

「いいから、やれ」

お前ら、怪異を何だと思ってやがる。


完全に獲物扱いです。彼らは捕獲する気満々なので、『何体来てもいい』とか言ってるし！

あれですね、この世界的には魔術師が一番のオカルトってことでしょうか。もしくは天敵。下手に降霊術が成功しようものなら、クラウス達の獲物確定。そう簡単には帰らせてもらえない――降臨した死霊の帰還を阻むのは人間の方――気がするんですが。

……そうは言っても、私も興味があることは事実なので。

「場所を用意してくれたら、実行してもいいよ。後始末が必要な場合は手伝って」

「了解した」

そうして、『一人かくれんぼ』の開催が決定した。

……危険性とかが判っていないからこそ実行を許されたんだな、と思わなくもない。

※※※※※※※

さて、『一人かくれんぼ』のおさらいを。遣り方自体は簡単だし、今現在は米の入手も可能なので、元の世界と同じ方法でいいだろう。

『用意するもの』
・手足がある、ぬいぐるみ
・米
・縫い針と赤い糸
・爪
・ナイフ
・塩水

『遣り方』

1・ぬいぐるみに名前を付け、お腹の中に米と自分の爪を入れ、赤い糸で縫い合わせる。

2・塩水を用意し、隠れ場所を決めておく。

3・ぬいぐるみに『最初は【自分の名前】が鬼』と三回言い、浴室に行って、水を張った浴槽にぬいぐるみを沈める。

4・建物中の明かりを消し、目を瞑(つぶ)って十数える。

5・ナイフを持って再び浴室に行き、沈めたぬいぐるみに『【付けた名前】見付けた』と言って、す。

6・ぬいぐるみに『次は【付けた名前】が鬼』と三回言ってから、塩水を持って隠れる。

テレビがないけれど、そこは仕方ない。それ以外はほぼ、私が知っている進行方法が可能だろう。

なお、ここは騎士寮ではない。少し広めの一軒家――戦闘が想定されたため、騎士寮は不可だった――であり、騎士寮面子の持ち家だったり。

そして、私一人で行なわなければならないため、要所要所に暗闇でも見える魔道具が仕掛けられ、待機している騎士達に中継されることになっていた。


魔王様が許可するはずですね！　監視要員が一杯居るもの。

寧ろ、彼らは私の心配よりも、『何か』の確保に動く可能性・大。


ただ、私としてもちょっと期待していたりする。魔法のある世界ならば、ワンチャンスあるんじゃないかなー？　と思うのですよ。

と、言うか。

これは終わらせ方が明確なので、もしも『何か』が来ても、それほど心配していない。今の私には魔法もあるし、護身の術はそれなりに用意してあるもの。

余談だが、騎士ズには『お前達、深夜にこんなことをやるのか』と生温かい目で見られた。

ぬいぐるみを刺したり、爪を使ったりといった不気味な要素もアレだが、わざわざ深夜にいい年をした大人達が挙って（こぞって）やらかすことに盛大に呆れたそうだ。

しかも、それが魔導師やら、この国のエリート様達。騎士ズが呆れるのも当然か。

「さて、さくっと準備をして始めますかね」

さあさあ、是非ともおいでませー♪　異世界の怪異様？

第十四話　七不思議の後日談　其の二

――『一人かくれんぼ』が行なわれている館にて
さあ、さくっと準備をしちゃいましょうか！

そう決めると、私は用意されたぬいぐるみを手に取った。今回、用意されたものは、片手に乗る程度の大きさのウサギのぬいぐるみだ。

はっきり言って、迫力はない。こいつが動き出しても、愛らしいだけだろう。

なお、これは魔王様が私を案じたゆえのセレクトであ～る！　……うん、まあ、これが動き出しても脅威になるとは思えないわな。

一応、『儀式を行なった者を探し、襲い掛かってくるらしいです』的なことを言ったので、依代となるぬいぐるみにも配慮がなされているのだったり。

……。

あの、私はご降臨予定の怪異（?）を殺る気満々なのですが……?

下手をすると、私の方がぬいぐるみを虐待しているように見えるのではないでしょうか？　成功した場合、素直に終わるとは思っていないもの。

と、言うか。

ここは魔法のある世界なので、ぬいぐるみが元の世界よりも凶暴化する可能性だってあるじゃないか。寧ろ、そうなる可能性が高そう。

それを踏まえて、私も準備しているのですよ。備えあれば患いなし！　ですからね……！　塩水入りの容器だって、自分が所持している以外にも沢山設置されているもの。

「米を詰めたり、縫ったりする作業は終わっているから、後は名前付けかぁ……」

ぬいぐるみの名前。名前、ねぇ……。

ボコる可能性もある以上、知り合いと被ることは避けたい。いや、そもそも、この儀式って……。

これまでの報告を踏まえて考察をする限り、友好的な対応になることは皆無だろう。敢えて言っていないけれど、クラウスあたりはその理由に気付いてそう。

実のところ、前準備にある『とある行動』がヤバかったりする。割とガチで。

ぬいぐるみに入れるのって、『自分の爪』なのですよ。

ぶっちゃけると、『自分で自分を呪う儀式』という解釈もあるわけで。

個人的には、『自分で自分を呪う儀式』はそれなりに正しい解釈だと思っている。だって、その目印があるから、依代に宿った存在はターゲットとして実行者を狙うわけでしょう？

そりゃ、元ネタは都市伝説なので信憑性はなきに等しいけれど、『その話を聞いた人達が試したり、検証を行なったりする程度には興味を引かれている話』であることは事実なのだ。


人が噂を信じる時って、『それなりに引っかかる要素』があるものじゃない？

オカルト好きな連中が笑い話で済まさなかった以上、単なる噂で済むまいよ。


あまりにも突拍子もない噂だったら、『誰かの創作』とか『よく聞く話』程度の認識だと思う。

そうして、いつかは噂も消えていく。

……が、これは様々な方面に影響を及ぼした『都市伝説』なのだ……正直、スレンダーマンと張るぞ？　あれも元ネタは創作なんだから。

「ふむ、ボコること前提の名……あ！」

あるじゃん！　呆れられるかもしれないけれど、誰もが納得すると言うか、この状況にぴったりの素敵な名前（笑）が！

「決めた！　あんたの名前は『カトリーナ』！」

元ネタは夢見る乙女（笑）であり、まだ見ぬ王子様（笑）を待っている女性である。……乙女と

いうには少々、お年を召していらっしゃいますけどね。

向こうがお貴族様のご令嬢である以上、私に対して何らかのアクションがない限り、彼女と殴り合いの喧嘩なんて絶対にできない。精々が、嫌味の言い合いとか口論程度。

しかし！

このぬいぐるみならボコれるじゃないか。罪もないウサギさんならば心も痛むが、殺気を伴って仕掛けてくるような可愛げのないウサギならば、滅殺上等。

「うふふ……楽しく遊びましょう？　カトリーナ」

そう決めると、私は上機嫌でそれ以外の準備を進めた。

※※※※※※※

――騎士達が待機している館、その一室にて（エルシュオン視点）
機嫌良さげに準備を進めるミヅキを、私は呆れた眼差しのまま見つめた。
内容に疑問を覚えていようとも、ミヅキが楽しみにしているのは判る。現に、クラウスを始めとする黒騎士達も似たような状態だし、白騎士達も興味津々だ。
『異世界の降霊術』――これだけでも興味を引かれるのに、それには魔力が必要なく、簡単な儀式のみで可能だと聞いている。

魔術師である黒騎士達が興奮するのは当然だろう。

魔法に秀でていない白騎士達だって、興味を抱くのは当然だ。


……だが。

だからと言って、ねぇ……！

「……。うちの子、やっぱりどこかで育て方を間違えたかな」

思わずそう呟くと、周囲の騎士達は一瞬、押し黙り。

「いや、エルは正しい。ミヅキはあれでいいんだ」

「そうですよ。貴方の教育は立派にミヅキの助けになっているじゃないですか」

「その教育で得た知識を、ろくでもないことに使っているから、『異世界人凶暴種』なんて言われているんだけどねぇ……！」

賢いことは事実だと思う。ただし、その賢さをろくでもない方向に振り切っているのが、うちの馬鹿猫なのだ。

本人もそれを恥じることなく、『最高のエンターテイナー』やら、『愉快犯』と自称しており、その度に騒動を巻き起こしている。

『親猫』として扱われる度、思うのだ……『違う！　私は知識を与えただけだ！』と。

いくら何でも、ミヅキの『あの』遣り方まで私の教育と思われるのは心外である。それなのに、騎士達は挙って言うのだ……『ミヅキはあれでいい』と。

「君達さぁ……それは自分にとって都合が良いからだよね？」

「おや、そんなことはないぞ？　これまでの功績を思い出してみろ。十分過ぎるほど我らに貢献してくれているじゃないか」

「人脈作りも、王族や貴族を相手にした時の立ち回りも文句なしじゃないですか。エルはミヅキの親猫であることを誇ってよいのでは？」

「そもそも、普通は『親猫』なんて呼ばれないんだけど」

「「……」」

「そこで無言にならないでくれるかな？　あと、他の面子にも言えることだけど、目を逸らすな」

私の主張にも、騎士達は揃って聞こえない振り。ある意味、団結力に優れた騎士達である。

その団結力が『ちょっとした報復』に反映されてしまった結果、彼らは私同様、恐れられる存在になってしまったはずなのだが。

「まあ、いいじゃないか。ミヅキも楽しんでいるのだし。……ところでな、この儀式……『一人かくれんぼ』だったか？　この世界と全く同じ解釈ならば、随分と奇妙なことをするんだな」

「え？」

唐突に話題を変えたクラウスを見つめ返すも、クラウスは魔道具によって映し出された映像の中のミヅキを見つめている。

「ぬいぐるみの中に自分の爪を入れる。……この世界の魔術に当て嵌めると、自分が呪いの対象になっているようなものなんだが」

「はい⁉」

驚くも、そんな反応をしているのは私だけだった。白騎士達も多少の驚きはあるが、今は好奇心が勝っているようで、中止を願う声は上がらなかった。

反対に、注意深く映像を窺っていたり、考察し合っていたりするのが黒騎士達。彼らは魔術特化の集団と言っても過言ではないため、この可能性にいち早く気が付いていたらしい。

「ミヅキにも聞いてみたんだが、元の世界でもそういった解釈があるらしいぞ？」

「なっ……自分で自分を呪うなんて、危険はないのかい？　ぬいぐるみさえ脅威にならなければ、大丈夫と思っていたんだけど」

当たり前の疑問を口にすれば、クラウスは何でもないことのように肩を竦めた。

「成功すると、ぬいぐるみに襲われる以外にも色々と起こるらしい。つまり、儀式を行なった人物がターゲットになるんだろう。何でも、怪奇現象が発生するとか」

「そこまで判っているなら、止めるべきだろう！　対処する術があるとは限らないじゃないか」

「無理だな。そもそも、俺は個人的にもそんな状況になることを期待している」

あまりな言い分に、絶句してしまう。だが、反対の声が上がらない以上、それは私以外の者達の総意といったところなのだろう。

「ここで皆が見守っているのですよ？　エル。第一、このような時間帯であろうとも、親猫が付き合ってくれているのです。ミヅキも張り切ろうというもの」

「いや、そこは張り切る方向を間違えているだけであってね……」

クラウスの援護をするアルの言い分に呆れるも、アルの楽しそうな笑みは崩れない。

「貴方とて、明日の午前中の仕事を前倒ししてまで、付き合ってくださっているじゃないですか。ミヅキではないですが、私も皆で楽しむ機会があることは歓迎なのですよ」

「～っ、煩いよっ！」

アルに知られていたことが恥ずかしいけれど、それ以上に彼の言葉を嬉しく思ってしまう。『皆で楽しむ機会』……そうか、その『皆』に私も含まれているのか。

「ああ、そろそろ始めるようだぞ？」

「ふふ！　成功することを祈りましょう」

だからと言って、物騒な遊びは止めなさいっ！　私は今、初めて聞いたからね⁉　そもそも、君達はミヅキを止めたことなんてないじゃないか！

「守護役達が挙ってあいつを野放しにしてるのに……」

「殿下だって、判っているんでしょう？　無駄だ、って」

「そこ！　煩いよ！」

双子の言葉に頭痛を覚えつつも、映像に視線を向ける。……異世界の降霊術とやらは、もうすぐ始まるらしい。

第十五話　七不思議の後日談　其の三

――『一人かくれんぼ』が行なわれている館にて

「さて、そろそろ時間かな」

呟いて、私は用意したぬいぐるみに視線を落とす。勿論、ぬいぐるみはすでに『一人かくれんぼ』仕様――お腹の中に米や爪を入れたり、赤い糸でお腹を縫ってある――だ。

今現在のぬいぐるみは、ただの愛らしいウサギさん。

しかも、掌(てのひら)に乗せることが可能なサイズ。

当たり前だが、その手は武器を持つようにはできていない。どう頑張っても、その柔らかい前足で、ポフポフと叩く程度だろう。

……が。

そこはオカルトの世界と言うか、不思議な力が働いていると言うか、『武器を手にしていた』という報告もあるわけで。

まあ、あくまでもネットでの情報だし、創作の可能性もあるので、私とて全てを信じているわけではない。

でも、ここは魔法がある世界。私からすれば、夢と希望のファンタジーな世界！

……ちょっとくらいは期待してもいいと思わないか？

寧ろ、ウサギさんが呪物モドキな怪異と化したら、大・興・奮☆全力で弄る……いやいや、観察してみたいじゃないか。

だって、リアル・ホラー映画な展開ですぞ？ 元の世界には、『殺人鬼の魂が人形に宿り、殺人を行なう』という、超有名ホラー映画だってあるんだし！

なお、黒騎士達が期待しているのは当然、こちらの展開だ。

私も初のオカルト事案に超期待しているけれど、黒騎士達にとっても好奇心を抑えきれない状況なのです。

何せ、この世界的にはオカルト文化なんてないのだ……『そんな簡単な方法で死霊が呼べてたまるか！』と思うのは当たり前。

彼らは魔法が大好きなので、一度はそういった類の魔法にも興味を示したことがある模様。

その過程で悟ったんだそうな……『手間と実益が釣り合わない』と。

……。

そだな、この世界で死霊術師扱いされる案件って、『死体でお人形遊びする変態』だもの。

そう、『お人形遊び』。この世界のアンデッドは、術者自身が操ることが大前提なのである……！

聞いた時、『それ、死体でお人形遊びしているだけじゃん』と馬鹿正直に呟き、黒騎士達から囲まれる羽目になったのもいい思い出さ。

でも、元の世界のホラー映画に慣れた私からすれば、そうとしか思えん。空想の産物とは言え、少しは異世界ホラーを見習えよ！

ゆえに、この世界の死霊術師＝死体でお人形遊びする変態なのです。異議は認めない。

「じゃあ、始めよっか」

まずは私が鬼になる。『かくれんぼ』だものね、参加メンバーは探す側と隠れる側のどちらにもなる必要があるのだろう。

……個人的には、この『実行者が最初に鬼役になる』ということで、『一人かくれんぼ』の参加面子が決定されるのではないかと思っている。

『かくれんぼ』は鬼が参加者を全て見付けたら、仕切り直し。つまり、怪異が宿った『鬼』が実行者を探すのは『二回戦目』なのよね。

だから、『一人かくれんぼ』の実行者のみがターゲットになるんじゃないだろうか。『鬼』が探すのは、『一緒に遊んでいる参加者』なんだもの。

そのための手順を踏む必要があるので、『一人かくれんぼ』は面倒と言えば、面倒なのかもしれない。多分、一番面倒なのが『一人で行なう』というルールを守ること。


つまり、怪異モドキな『鬼』と、サシで殺り合えってことですね……？


こういったオカルト方面の儀式は割とルールが多いので、それを守ることも大事だと思っている。そもそも、ルール違反をした場合、提示されている終了方法で帰ってくれるか判らないじゃん！

「聞こえてるかな？　じゃあ、始めるよ！」

魔道具を通じて音声が聞こえているはずなので、一応の断りを。さて、まずは浴室に向かわなければ。

「最初は私が鬼、最初は私が鬼、最初は私が鬼……」

そう口にして、浴室に向かう。すでに浴槽には水が張られ、準備万端だ。

そこにぬいぐるみを沈めて家中の明かりを消し、目を瞑って、十数える……というのが最初のミッション。

そう、このぬいぐるみを沈めて……。

……。

こいつの名前、カトリーナにしたんだよね。

ああ、脳内にあのクソ女の所業が過っていく……。

私は無言でぬいぐるみを一瞥し。……『沈め！』と言わんばかりの気持ちと殺意を込めて、浴槽に沈めた。

副音声で『死ね』と聞こえたのは気のせいである。たとえ、浴槽の底に叩き付ける勢いで沈めたとしても、だ！

どことなく遣り遂げた気持ちで私は浴室を離れ家中の明かりを消し、十数える。さあ、ここからが本番ですよ……！

「一、二、三……」

ああ、ウサギさんは動き出してくれるだろうか。

「四、五、六……」

『あの手に刃物なんて握れるのか？』という疑問とて、是非とも解消したいものである。

「七、八、九……」

今はまだ始まって間もないせいか、奇妙な出来事は起きていない。暗い部屋に、私の声が響くだけ。

当然、何の気配もない。やはり、怪異が起こるのはウサギさんが動き出してからなのか。

……そして。

「十！」

数え終わると、浴室を目指す。暗い中を無言で歩いているだけだけど、気持ち的にはスキップしたい心境ですね！

ルンルンで浴室まで行っちゃうぞー？　待っててねー、ウ・サ・ギ・さ・ん♡

そんな気持ちとは裏腹に、迅速かつ無言で行動です。勿論、手にはナイフをしっかりと準備してありますとも。

浴室に着くと、浴槽を覗き込む。……ウサギさんは相変わらず沈んでいるようだ。今のところ、変化はなし。

では、始まりの儀式（笑）をば。

「カトリーナ、見付けた！」

そう言ってから、貫通させる勢いでぬいぐるみにナイフを突き刺す。なお、浴槽の底には傷を避けるための板が設置されているので、力一杯やらかしても安心です。

「次はカトリーナが鬼！　次はカトリーナが鬼！　次はカトリーナが鬼！」

言うなり、その場を離れる。塩水は携帯しているので、後は隠れるだけだ。

……。

ウサギさん、浴槽の板に磔状態になっていたような……？

やはり力を込め過ぎたのだろうか。これで『動けなくて、探しに来られなかった』なんて展開になったら、気持ちも新たにリトライです。簡単に諦めるの、よくない。

でも、名前がアレだしなぁ……私の殺意（笑）を受けて、雑草並みの根性を発揮してくれるような気がしなくもない。

……。

まあ、いいか。とりあえずは隠れて様子見だ。成功していたら、ぬいぐるみが動き出したり、怪奇現象が起こるはず！

私は期待に胸を膨らませつつ、わくわくと待つことにした。

※※※※※※

――騎士達が待機している館、その一室にて（エルシュオン視点）

「……」

「……」

「……」

映像を見ながら、私は無言だった。いや、無言なのは皆も同じ。ただし、顔を引き攣らせているのは、私と双子のみ。

いやいや……殺意が高過ぎだろう……？


「うわ、ミヅキの殺意たっか！」

「完全に殺る気じゃないか、あいつ……」

顔を引き攣らせた双子が呟く声に、私は大いに同意した。暗い中でもはっきりと見えるように調整された魔道具のせいで、ミヅキの所業が表情と共にしっかり見えてしまっているのだから、仕方あるまい。


何故、そこまで殺意が高いのだ。

何故、恐ろしい思いをするかもしれないのに楽しそうなのだ。

って言うか、ぬいぐるみを名前の主の代わりにしてないかい？

「ええと、その、クラウス？　これ、ぬいぐるみに殺意を向ける必要はあるのかい？」

「ないな」

「え」

あっさりと否定され、思わず顔が引き攣る。だが、クラウスはこの状況を歓迎しているらしかった。

「この儀式が成功すれば、ぬいぐるみがミヅキに対して仕掛けて来るらしい。そういった展開を望むならば、『互いに気に食わない相手』の名前を付け、『敵意を刻み付ける』といった行為は、成功への布石と言える」

「いや、真面目に何を言ってるんだい」

「俺はいたって本気だが」

視線を巡らせるも、クラウスの言い分への賛同者が大半だ。どうやら、ミヅキが全く恐怖を覚えていないことも含め、好印象だった模様。

「少しでも成功する確率を上げたいんでしょうね」

アルが微笑ましそうに笑いながら口にすると。

「そりゃ、ある意味、悲願らしいからな」

クラウスが同意するように頷いた。

……。

駄目だ、この幼馴染どもはミヅキを止める気なんて皆無じゃないか。

しかも、心配すらしていない！　仕事しろ、守護役ども。

彼らを守護役に選んだことを微妙に後悔しつつ、私は映像へと視線を向ける。変わった様子は未だ……ない。

ただ、ミヅキも数を数えていたから、今は数を数えるための時間なのかもしれなかった。

――そうして、様々な思惑が渦巻く中、『一人かくれんぼ』は始まったのだ。

第十六話　七不思議の後日談　其の四

――『一人かくれんぼ』が行なわれている館にて

「……」

明かりを消した館の中、私は玄関付近に置かれたクローゼットの中に隠れていた。

……。

いや、普通に考えれば、こんな所にクローゼットなんてものがある方がおかしいんだけどさ。

これは私が黒騎士達に話した『ホラーゲームの【お約束】』が大いに影響しているのだったり。

あれですよ、『探索型のホラーゲームは【敵を倒す】のではなく、【隠れたり、逃げるのが基本】』ってやつ。

まあ、現実的に考えた場合、敵に付き合っていたら体力が持たないだろうし、必然的にそういった状態になるんじゃないかとは思う。

『基本はロッカーやクローゼットに隠れ、敵を遣り過ごすんだよ』
『初期装備は、近くで拾った鉄パイプやバールのような物といった打撃系のもの』
『探索を進めていくと、敵を倒す手段やアイテムが手に入ったりする』

……といったことを、『よくあるホラーゲームの展開』として話したところ、『じゃあ、今回も隠れられる場所が多い方が良いよね』的な解釈をされたのだったり。

なお、その言葉の通り、各所に隠れられるポイントが設置されている。

今、私が隠れているクローゼットの様に、『普通はそんなところにないだろ』と突っ込まれることを請け合いだけど、『少しでも安全に配慮したい』という言い分の下、実行された。

何のことはない、全ては奴らが『ホラーゲーム的展開』とやらを見たいだけである。

塩水だって各所に用意されているというのに、隠れる場所も豊富というイージー設定です。

もはや『一人かくれんぼ』というより、複数のホラーゲームが混ざったような状態なのだ。奴らはそれを見たい、と。

そして、その目的を達成すべく、館には魔道具が数多く仕掛けられ、別の場所で待機している皆の下に映像を届けているはず。

……多分、ちょっとしたモニタールーム状態になっているのではなかろうか？

インターネットでの実況は数多くあったし、ライブ中継にしている人も居たけれど、多分、今の私も似たようなものと見た。

こうなると、『最高のエンターテイナー』を自称する私としても、何かしら見せ場を作りたいものである。……『一人かくれんぼ』にそんなものがあるかは知らないけど。

「（さて、そろそろ数を数え終わっている頃なんだよねぇ……）」

覗き見用に作られた隙間からこっそり外を窺うも、未だ、ウサギさんの姿は見えない。そもそも、成功しているかどうかは怪しい。

……そんなわけで。

ウサギさんとの初のエンカウントを願い、私と騎士達は異世界産の降霊術、もとい怪異発生の儀式（？）の成功を願っているのですよ……！

早くおいでよ、ウサギさん♪

初見はきちんと姿が映るようにと、一番判りやすい場所で待ってるわ♪

でも、できれば何かしらのオカルト的アクションが欲しいなー♪

普通は息を潜めて、ドキドキしながら、恐怖と戦うこの一時。私も息こそ潜めているけど、気持ち的にはルンルンです！

ああ、でもやっぱり、ウサギのぬいぐるみはもう少し大きな物を選んだ方が良いと思うんだ……。

何故なら、ウサギさんは片手に乗るサイズ。つまり、小さい。

そんな生き物が一生懸命、館の中を探し回るんですよ？　庶民である私の感覚では、それなりに広い『館』なのよね、ここ。

……私に辿り着けるか、非常に心配です。移動速度が亀の歩みとか言わねーだろうな？

今回は戦闘を想定しているから仕方ないけれど、『一人かくれんぼ』って、もう少し狭い場所でやるからこそ、エンカウントの危険性があるような。

だ……大丈夫ですかね？　ウサちゃんは。あまりに動きがとろくて、時間切れ——二時間程度を予定しております——は切ないのだけど。

――そんな考えが脳裏を過り、内心、冷や汗を流し始めた頃。

『パキッ』

どこかで小さく、不自然な音がした。思わず、耳を澄ませると。

『カタンッ』

今度は何かが動くような音が。先ほどの音は家鳴りで済ませるとしても、今回の音は『何かが動いたような音』。

つまり、『自然現象ではない』……！　そう認識した瞬間、私は思わずガッツポーズ！

私、大勝利……！（歓喜）

やったぜ♪　やったぜ♪　初のオカルト体験！　魔法世界よ、ありがとう……！

これで強盗とかだったら、出会った直後、怒りのままに〆るけど。期待させた分、罪深いと知れ。

内心、狂喜乱舞している私ですが、自分の役目は心得ていますとも。

多分、これらの現象はモニターの向こうで皆も確認しているはず。これでウサギさんの姿を確認していようものなら、盛大にざわついていることだろう。

そんな私とて、ウサギさんの動きを確認したい一人。

ああ、でもまずは『お約束』どおりに浴室に行って、ぬいぐるみがあるかを確認すべきだろうか？

このままここに暫く隠れて怪奇現象を堪能し、動くウサギさん（ホラーモード）を確認するのも捨てがたい。

――私が隠れつつも葛藤する中、奇妙な音は時折響き、異様な気配が徐々に広まりつつあった。

※※※※※※

――騎士達が待機している館、その一室にて（アルジェント視点）

「……嘘だろう」

映し出されている光景に、半ば茫然とクラウスが呟きました。もっとも、これはクラウスだけではなく、ここに居る黒騎士達全員に共通した反応ですが。

「まだ音が響いているだけで、確証がないのでは？」

疑問に思って尋ねるも、クラウスは顔を顰めて首を横に振りました。

「音の発生源が特定できない。しかも、幾つかの魔道具に、映像の乱れがある。これは明らかにおかしい」

「ほう」

確かに、何人かの黒騎士達が魔道具の調整をしています。あれは不具合が起きたと思っての行動だったのでしょう。これは非常に珍しいことでした。

魔術に対する好奇心や向上心が強いことも勿論ですが、黒騎士達の大半は自分の技術に自信を持っているのです。

それはこれまでの努力や蓄積された知識といったものに裏打ちされた実力があるからなのですが、それゆえに、『不具合が出る』という状況が許せないらしく。

その『不具合』が起きた場合は、徹底的に検証を行なうのが常でした。小さな失態であっても、問題点を知ることは重要だ、と。

――ですが、魔道具を確認している彼らは皆一様に、首を傾げたりしています。

どうやら、魔道具には何の問題もない模様。クラウスが茫然と呟いたのも、これらのことが原因のようでした。

「私は魔法や魔道具といったものについては判らないのですが、それほど奇妙なことなのですか？」

残念ながら、私には魔法の才がありません。ですが、仕事で使うこともありますし、道具が壊れることなど珍しくはないと思えてしまうのです。

まして、『高い技術を必要とする魔道具』という、繊細なものならば。

「戦闘が行なわれていたり、何らかの妨害要素があるならば、まだ納得できる。だが、あの館にそんなものはない」

「確かに！」

今回の『一人かくれんぼ』の舞台を作り上げたのは主に、黒騎士達。

今現在の様に、別の場所で事態の監視を行なうことを最初から想定していたでしょうし、誤作動や不調の原因となるものは排除されているはずです。

……そう考えると、確かに奇妙です。一体、何が原因なのでしょうね？

「クラウス、ミヅキは無事なのかい？」

さすがに心配になったらしく、エルがクラウスに声を掛けています。……が、その背後では双子が生温かい目を、ミヅキが隠れているクローゼットに向けておりました。

「通信が可能な魔道具を持たせているが、今のところ、特に問題はないようだ。だが、使えなくなっている可能性も否定できない」

「ならば、中止を……っ」

「……否定できないが。双子の様子を見る限り、大丈夫だと思うぞ？」

「え」

クラウスに指摘され、エルも双子の方を向き。心配どころか、呆れた様子の彼らに、怪訝そうな顔になりました。

「……。君達、その顔は一体、何」

エルの問いかけに、双子は顔を見合わせて。

「ええと……その、理由を聞かれても困るんですが。多分、ミヅキは大丈夫ですよ」

「寧ろ、滅茶苦茶楽しんでる気がするんですよね……」

「何故」

「だって、俺達、欠片も不安になるとか、ヤバい雰囲気を感じませんし！」

「そう！　寧ろ、ろくでもないことを考えているミヅキの傍に居た時のような危機感と言うか、焦燥感（しょうそうかん）と言うか！　そんな感じがするんですよ……！」

「ええ……」

双子の言い分に、エルは困惑したようでした。ですが、私は彼らの言い分に酷く納得してしまったのです。

彼らは基本的に、ミヅキと共に行動しております。

……つまり。

『ミヅキが何かをやらかす』という場合、まず止めているのがこの二人なのです。

彼らは騎士団長であるアルバート殿の剣ですら、『動く瞬間が何となく判る』という非常識を発揮し、ギリギリとはいえ、全て避けてみせるのです。

間違いなく、彼らが持つ危機察知能力は本物でしょう。なにせ、魔法ですら、『詠唱しようと思った直後に潰される』のですから。

そんな彼らが全く危機感を覚えていないならば。

「間違いなく、ミヅキの奴はこの状況を楽しんでいるだろうな」

「でしょうねぇ」

クラウスと共に、苦笑してしまいます。そもそも、現状はミヅキ念願の『オカルト』というもの。こちらがいくら慌てていようとも、全く気にせず、危険な目に遭うことすらも『楽しんで』しまうでしょう。

と、言いますか。

「エル……貴方もミヅキの親猫と呼ばれているのですから、いい加減、黒い子猫が普通の思考回路をしていないことを認めるべきでしょう」

「普通は心配するだろう！」

「無駄だぞ？　黒い子猫は悪戯盛りな上、楽しいことが大好きだからな。まあ、今回は人間に被害が出るわけじゃないんだ。温かく見守ろう」

「君達はミヅキと一緒に楽しんでいるだけだろう⁉」

「当たり前じゃないか」

「当然ですよね」

ジトっとした目を向けて来るエルに怯むことなく、クラウスは平然と、私はにこやかに返しました。聞き耳を立てていた他の騎士達も勿論、似たような反応です。

ふふ、何を今更。しかも、今回は滅多にできない経験らしいじゃないですか。魔法が使えずとも、興味を抱くのは仕方がないでしょうに。

と、その時。

『え』

上がった声にそちらを向けば、一つの映像がおかしなことになっておりました。

はっきり言いますと、ぬいぐるみ……ウサギの顔が画面全体に張り付いているのですが。

その状況を見ていただろう騎士達も、困惑していると言うか……呆気に取られて固まっておりました。彼らの反応を見る限り、ウサギのぬいぐるみが自ら、魔道具に気付いて覗き込んだ……というわけではないようです。

「何だ？　一体、何があった？」

本当に、何があったのでしょうね？

第十七話　七不思議の後日談　其の五

――『一人かくれんぼ』が行なわれている館にて

――時は暫し、遡（さかのぼ）る。

「……」

クローゼットの中、私はひたすら、ウサギさんを待っていた。

『一人かくれんぼ』の成功を、私は確信している。時折、響いてくる奇妙な音と、どことなく重苦しい空気がその証拠！


これを『成功』と呼ばずして、何を成功と言うのだ。


これまでの連敗経験から、私はそう思っていた。ついつい、口元に笑みが零（こぼ）れる。

素晴らしきかな、魔法世界……！　世界は私に味方した！

『魔法があるなら、オカルト的な儀式だってワンチャンスあり？』とか思ってみるものですね

……！


と言っても、私はまだ隠れ中。ウサギさんの姿は影も形も見えないため、本当に『何かが乗り移ったウサギのぬいぐるみ』になったかどうかは確認できていない。

噂と言うか、私が知っている『一人かくれんぼ』ならば、怪奇現象の発生&ぬいぐるみが襲い掛かってくる……という展開になるはず。

怪奇現象は一応、さっきから聞こえている不審な音が該当するとして。

大本命のウサギさんを確認して初めて、本当に『成功した』と言えると思うんだ。

これは私一人の願いではない。別の場所から魔道具を使ってこちらの様子を探っているだろう、騎士寮面子の願いでもある。

少なくとも、この不審な音は確認できているだろうし、騎士達は期待一杯に映像を見ているはず。

……が。

私は少しだけ退屈していたり。うん、仕方がないことだってのは判っているんだ。隠れて待つから、『かくれんぼ』なんだもの。

でもね……相手は『あの』ウサギさんなのですよ……。

……。


ウサちゃん、遅(おせ)ぇよ……！


やっぱり、足が短過ぎたのだろうか？　どう考えても、ぽてぽてと歩く姿しか想像できん。

ああ、もっと機動力がありそうな依代を選んでおけば、今頃は探しに来てくれたのかもしれない。

それとも、名前が悪かったとか？　頭がお花畑な奴の名前から取ったから、どこかで迷っていたり、挟まって身動きが取れなくなっていても不思議じゃないのだが。

暇なので、どんどんくだらないことを考えていく私。そんな中、『音』ではなく、『誰かの声』が聞こえてきた。

ただし。

それは『この場に居るはずのない人の声』だったりするのだが。

『ミヅキ……お前、どこに居るんだ』

クラウスの『声』が遠くで聞こえる。

『ここは暗いですよ。さあ、もっと広くて明るい場所にいきましょう？』

出てくることを促すのはアルの『声』。

『おい、迎えに来たんだから、さっさと出て来いよ』

『そうそう、早く帰ろうぜ』

いつもと変わらぬ口調で話し掛けて来るのは、双子の騎士達……の『声』。

『声』だけならば、間違いなく彼らのもの。口調だって、いつもと同じ。だけど……『複数の声が聞こえるのに、足音は全く聞こえない』のはどういうことだ？

そもそも、彼らと私は通信の魔道具で繋がっている。何かしらのトラブルがあったとしても、わざわざ『出て来い』と言う必要はない。

……まあ、魔道具で確認を取ろうにも、今は不可能みたいなんだけど。

『何故か』いくら連絡を取ろうとしても、全く反応なしなんだよねぇ……これも怪奇現象の一つなのだろうか？

そんなことを考えているうちに、呼び掛けて来る『声』はどんどん私が隠れているクローゼットに近づいて来ていた。

私は再び、隙間からそっと外の様子を窺う。……相変わらずの暗闇だ。ただ、事前に貰っていた暗視紛（まが）いの効果を持つ魔道具と暗闇に目が慣れていることから、物の位置ははっきりと判る。

『ミヅキぃ、折角遊びに来たのに、どこに居るんだよ？　迎えに来たんだ、遊ぼうぜ』

今度はルドルフの『声』。……かなり近い。漸く、私の所に『声の主』がやって来てくれた模様。

そう確信すると、私は緊張のあまり、自然と手に力が入っていった。

嗚呼……ついに来たぜ、エンカウントの瞬間が！


私は首を長くして、この瞬間を待っておりましたよ……！

ようこそ、怪異様♪　おいでませ、怪異様♪


セオリー通りなら、出会った瞬間から熱い戦い（意訳）の始まりですね☆　マイ武器を片手に、今か今かとお待ちしておりましたとも！

なお、これは私が個人的に遊びたいと思っているばかりではなく、必要な手順なのであ～る。

そもそも、『一人かくれんぼ』はきちんと終わらせる必要がある。あれですよ、手順通りに始めたら、きちんとお片付けをしましょうねってやつ。そのための塩水ですからね。

しかし！　その『お片付け』に必須なぬいぐるみが動き回っていたら、どうなるか？

結論：身動きできないようにして（意訳）、強制終了決行。
これしかない。よって、最初から『ドキドキ☆ワクワクのバトルモード突入！　～ボコって動きを鈍らせ、捕獲しろ～』しかないわけです。

……。


そういうことにしてくれ。少なくとも、私達はそれで魔王様を納得させたから。

そのため、この館は最初から『多少、暴れても構わない』という状態になっているのだ。

隠れ場所とか余計なものが多い一方で、邪魔になりそうな椅子などは撤去されている。暗くなければ、捕獲用の罠も仕掛けられていたと推測。

『一人かくれんぼ』を降霊術の一種と認識しているらしい黒騎士達からは『きちんと終わらせるように』と厳命されているので、VSウサギさんは必要なことなのです。


……だからこそ、さっき聞こえた知り合い達の『声』が偽物だと確信できるのだが。

『きちんと終わらせるように』なんて厳命する奴らが、途中でお迎えに来るはずないでしょ？

黒騎士達の性格を知らなかったとはいえ、これは完全に怪異側のミスですな。

……。


やっぱり、名前が悪かったのだろうか。微妙にアホっぽいんですが、降臨された怪異様。

大変微妙な気持ちになり、ちょっと遠い目になったその直後――

『ミヅキ？　ほら、検証なんてどうでもいいから帰ろう？』

「……あ？」

『もう仕事なんてさせないよ。ただ、私に甘やかされていればいいか……ら⁉』

「魔王様がそんなことを言うわけねーだろ、クソウサギがっ！」

バン！　と勢いよく扉を開ければ、目の前にはウサギのぬいぐるみ。ただし、最初に見た時と違って、つぶらな黒い目は赤く濁った色になっており、愛らしいはずの姿もどことなく禍々(まがまが)しい空気を纏っている。

……しかし、今の私にとってはそんなことなど、どうでもいい。

「死ね」

ウサギが動き出す直前に気合一閃(いっせん)、私が振りかぶったフライパンがその小さな姿を捉え。

――ウサギさんは物凄い勢いで回転しつつ、どこぞに激突していった。

「チッ」

舌打ちして、ウサギさんの復帰を待つ。そんな私は、片手に持ったフライパンで肩を軽く叩いていたり。

ご存じ、マイ武器フライパン。『分子や原子とかを意識して強化したら、どうなるかな♪』とばかりに実験した挙句、強化し過ぎて『世に出すな』とゴードン先生に言われて以来、『様々な方面で』愛用の一品です。

元の世界だと教科書なんかに図解があるから、イメージしやすかったのよね……。強化魔法と、物質そのものの強度を上げることの違いが判っていなかったゆえのミスですな。

私限定で軽く、その強度も私自身ですら判らないレベル——少なくとも、岩を砕いて無傷だった——という、世界にただ一つの代物だ。

調理も可能で、鈍器にもなる素晴らしい一品だけど、フライパン。

だけど、それはフライパン。

今頃、中継映像を見ている騎士寮面子は呆気に取られていることだろう——『こいつ、何、フライパンで格好つけてるんだ?』と。

でも、いいの。日頃から使い慣れている分、とっても手に馴染むし、ウサギさんの持つ武器対策もばっちりさ。

何せ、フライパンは攻撃範囲が広い。ぶっちゃけ、ウサギさんが武器を構えて突撃してきたとしても、そのウサギさんごと叩き潰せてしまう。

唯一の不安要素が『物理以外の攻撃をしてきた場合』という点だったけれど、先ほどのウサギさんの姿を見る限り、問題はないだろう。

だって、ウサギさん……片手にナイフを持っていたからね?

どうやって手に付いているのかは判らないが、ウサギさんは私が用意したナイフをしっかりと片

手に持っていたのだ。

なお、そのナイフと腹に詰められた米の重さのせいで、物凄い勢いで回転し、叩き付けられたのは言うまでもない。

普通にぬいぐるみをすっ飛ばそうとも、元々の重さがないため、そのまま軽く叩き付けられて終わりなのだ。所詮は布と綿の塊なのである。

ただし、そこに重心となるものが存在すると……まあ、それなりに勢いがつく。

その結果が、先ほどの『びたーん！』と音がしそうな状態なのです。現に、ウサギさんは暫し、叩き付けられた場所に張り付くと、その後、力なく落ちていったし。

……が、私はその光景を確認するや、別の意味で冷や汗をかいていた。


やっべぇ！　ウサギが叩き付けられた所って、魔道具のある場所だわ。


弁償は構わないが、こちらの状況が騎士達に届かなくなるのは困る。この状況を楽しみたいのは皆同じ。折角、『一人かくれんぼ』が成功し、オカルトが発生している貴重な機会なのだ……次がいつあるか判らない以上、情報の共有は大事です。

「……ん？」

足元に何かが触れた感じがして、視線を下に移す。

「え、何でここに……？」

そこに居たのは、子猫（偽）。呪物疑惑がある黒い子猫のぬいぐるみ。

拾い上げて確認するも、どう見ても魔王様の執務室で見慣れた姿である。

「……もしかして、一緒に遊びたくて来ちゃった？」

『来たのー♪』

「え」

声が聞こえたような気がして、一瞬、固まる。しかし、ふと現状を思い返して納得した。

そうだよ、今はウサギのぬいぐるみだって動いているじゃないか。

元から呪物疑惑がある上、この子は私を模した存在。勝手に出てきて、狩りに交ざっても不思議はない。しかも、何だか楽しげな顔をしているじゃないか。先ほどの声といい、絶対に遊びたくて出てきたに違いない。

「じゃあ、一緒に遊ぼうか。ウサギ狩りだよ♪」

『わぁい♪』

細かいことはいいんだよ。私は……私達はこのオカルトな展開を楽しめればいいんだもん。

自分とよく似た性格らしい子猫（偽）の登場に、私は一気に気分が向上するのを感じた。

※※※※※※

――一方その頃、騎士達が待機している館、その一室にて

「な、何で、あっちに子猫（偽）が⁉」

「クラウス、どなたかが事前に持っていったんですか？」

「いや、知らん」

映像の中に『どこかで見たことがあるぬいぐるみ』を確認し、騎士達が軽いパニックに陥っていた。しかし、その大半はどこか納得した表情である。


元より、呪物疑惑があったぬいぐるみなのである。

しかも、それは鬼畜外道と評判の魔導師を模した物。


本体（？）が待ちに待った展開を大喜びしているならば、もう一匹の子猫が参戦しても不思議はない。似たような性格をしているなら、嬉々として突撃するだろう。

しかし、そうなると……『もう一体のぬいぐるみ』が気になるのも当然であって。

彼らの視線は自然と、『もう一体のぬいぐるみ』の元ネタ……エルシュオンへと向いていった。

そして、彼らは再び驚愕することとなる。

「あ、あああの、殿下？　貴方の、横にある、ぬいぐるみって……」

「え」

震える指先でアベルが指差したのは、こちらもどこかで見たことがある金色の猫のぬいぐるみ。

いつの間にか、ちゃっかりと親猫（偽）が、エルシュオンの隣をキープしていたのである。

「ちょ、ま、さっきまではなかったのに！」

「こっちでもオカルト発生中なのか⁉」

慌てふためく双子をよそに、どこか達観した表情のエルシュオンは親猫（偽）を膝に抱き上げた。

「どうせ子猫達が気になったんだろう。君も一緒に見ようか」

『勿論だよ』

「……え」

第十八話　七不思議の後日談　其の六

――『一人かくれんぼ』が行なわれている館にて
――その男は血に魅せられた者だった。

生まれこそ貴族ではなかったが、それなりに裕福な家に生まれ、家族に愛された時間を過ごしていた。誰の目から見ても、幸せな家族だったろう。

……『ある時』までは。

情勢が不安定になれば当然、犯罪……盗賊や強盗といった者達の数も増える。彼らの中にはやむにやまれぬ事情があってそうなった者も居ただろうが、『強引に他者から奪う』という行為自体に変わりはない。

そして、そのターゲットは当然、『それなりに裕福な者』になることが多かった。

下手に貴族を狙った場合、騎士団が捕縛に出て来たりする。勿論、捕まれば重罪は確定であろう。身分的な意味もあるが、お貴族様はプライドで生きる面があるため、『犯罪者如きに馬鹿にされた』ということが許せないのだ。

元から厳しい処罰が確定していることもあるが、その追及は民間人が被害者だった場合に比べて格段に厳しい。

ところが、民間人が被害者だった場合、出てくるのは自警団――勿論、王都などに居れば騎士が出てくる――が常。ぶっちゃけて言うと、装備一つをとっても騎士達より劣る。

それだけでなく、騎士達を相手にした場合よりも格段に追及が温いので、『ちょっと小金を持っている民間人』は、犯罪者たちにとっては良いカモだった。


その結果、前述した男の幸せは幼少期に崩れさることとなる。


……だが。

家族を殺され、『幸運』にも生き残った――あくまでも『生き残った』ということを念頭に置いた表現である――子供は。

『家族を失った』ということに涙する一方で、全く異なった感情を覚えていたのである。

少年は恐怖に震えながらも、見惚れたのだ。

切り殺される家族や、使用人達の撒き散らす『美しいアカ』に。


子供が一人で生きていけるはずもなく、彼はその後、養護院に預けられた。そこで奉仕活動などをして過ごす一方、彼の中に芽生えた『ある衝動』はゆっくりと確実に育っていき、やがて彼を支配するに至ったのである。


勿論、表面上は控えめな性格の青年のままだ。無意識に目立つことを嫌ったのか、その容姿も、性格も、『平凡』という評価だったろう。

だが、逆に言えば……それは『印象に残りにくく、特徴がない』ということでもあって。

やがて、彼がその狂気を剥き出しにした時、彼の周囲の者達は誰も気づかなかったのである。


それが彼の犯行を増長させたことは言うまでもない。

何も気づかぬ周囲の者達の反応もまた、彼を楽しませるものだった。


彼は周囲の者達が愚かに見えて仕方なかった。近くに殺人鬼が居るにも拘わらず、全く気付いていないのだから。

『凶悪な殺人鬼』という言葉の印象、そして残酷な殺害手順に、人々はまさかその正体が平凡で無害そうに見える青年とは思わなかったのだ。

……そして、そんな愚かな者達もまた、青年にとっては良い獲物だった。

そっと近づき、体を拘束し。

その命を刈り取る瞬間に獲物が見せた、驚愕と絶望の表情！

それはこの上なく彼を興奮させ、喜ばせるものだった。そもそも、彼の目的は『殺人』であり、被害者達の財産を奪うことではない。

彼は『純粋に』殺人という行為を楽しみ、命がもたらす血の赤に魅せられていたのであろう。幼い頃の経験は、彼の内に眠っていた衝動を目覚めさせてしまったのだ。

彼が長い間捕まらなかったのは、前述した『凶悪な殺人鬼のイメージに合わない』ということが一点、もう一点は貴族を獲物にしていたことである。

通常、貴族が狙われた場合は、『財産を奪う』『政敵から依頼された暗殺』という二点が重点的に疑われるのだ。

ところが、彼の犯行は強盗というにはあまりにも物を取っておらず、どちらかと言えば、政敵絡みの暗殺の方が疑われていた。

対応に当たった者達もまた、犯人像を大きく勘違いしていたのだ。彼は質素な生活を好むうえ、散財するような行動もない。そんな金など、普通の民間人には必要がないのだから。

そうなってしまうと、彼という存在は益々（ますます）、犯人像から遠ざかっていく。

——異常な衝動こそあれど、それ以外は特に問題行動もない民間人。

それが日頃の彼の姿であり、それらは決して偽りではなかった。ゆえに……彼の罪は長らく露見しなかったのである。

露見した切っ掛けは、実に些細なことだった。彼が『己の身の安全』よりも『己の欲』を優先したためである。

逃げていれば結果は違っただろうに、彼が優先したのは己が楽しみ。

この時点で十分、精神面に異常をきたしているのだろうが……彼の中ではそれが正しいのだ。結果として、彼は捕らえられ、世間を騒がせた殺人鬼として処刑された。

その姿に、冤罪(えんざい)ではないかと疑った者達も居たらしいが、全く罪悪感を持っていない彼の姿に、事件に関わった者達は戦慄(せんりつ)したらしい。

こうして、史上最悪とまで言われた殺人鬼はその命を終えたのである。

なお、彼は『不安定な情勢が生み出した殺人鬼』と称され、国の在り方に一石を投じる結果となったのは余談である。

幼い頃の悲劇がなければ、生まれなかった殺人鬼。国の乱れが生んだ『悪』。

政(まつりごと)に携わる者達はそれが己が身に降りかかってくる可能性があると知り、自己保身の意識から、国の立て直しに尽力(じんりょく)する者が増えたとか。

……そんな伝説級の殺人鬼である『彼』は。

今現在、どこぞの馬鹿猫（※人間・魔導師）に呼び出され、可愛らしいウサギのぬいぐるみの中に宿っているのであった。

『彼』は浮かび上がる意識に、首を傾げた。その途端、『彼』の違和感は益々酷くなっていく。

自分は首を落とされたはずである。それも、凶悪な殺人鬼として。

そう思うも、違和感はそれだけではない。死んだはずの己に宿る、不可思議な力、その憎悪。

普通の人ならば恐れ、恐怖を感じるだろうそれを、『彼』は心地良く感じていた。

ああ、ああ！　何と素晴らしい……力が溢れてくるではないか！

『彼』は信じたこともない神などではなく、この奇跡をもたらした存在に感謝した。そして思ったのだ……『これでまた殺せる』と。

当たり前だが、『彼』は生前の行為を全く反省していなかった。反省するような奴なら、呼び戻されはしないだろう。

そもそも、『彼』は次があるなど思っていなかったので、一度きりの人生をめいっぱい楽しんだと思っている。

その後に向かうのが冥府だろうと、地獄だろうと、別のどこかだろうとも、『彼』は変わらなかっただろう。殺人衝動は『彼』の一部として根付いているのだから。

そして今……『彼』は仮初の器を得、この世に舞い戻ってきたのである。

『ああ……獲物の気配がする。呼び戻してくれた恩人なのだ、丁寧に殺さなければ』

最初の獲物であり、恩人。そんな存在に対し、『彼』が向けるのは『丁寧に殺す』という殺意。

寧ろ、恩人だからこそ、美しく命の赤で飾ってあげなければ。誰より美しい死体にしてあげなければと、純粋に思っている。

この時点で、『彼』がまともではないことが判るだろう。決して、呼び戻してはいけない魂である。

そんな『彼』は、起き上がろうとし。

『……ん？』

起き上がることができなかった。視線を下に向けると、己の腹にはナイフが深々と刺さっているではないか。

『こんなもので俺の動きを封じるとは』

そう思い、『彼』はにんまりと笑う。依代の表情こそ変わらなかったが、思わぬ贈り物に『彼』は喜んでいたのだ。

ここが水中ということは判っていたが、まさか武器まで用意してくれるとは。

上機嫌で、『彼』はナイフが抜けるよう念じた。人だった頃は魔法すらろくに使えなかったが、何故か、今はそんなことができると『彼』は知っていた。

そもそも、『死者』である『彼』の意識が目覚めたこと自体が異様である。

この館内限定とはいえ、どことなく邪悪な気配が満ちているのだ……まるで自分の味方をしてくれているようだと、『彼』は感じていた。

やがてナイフが抜けると、『彼』はその場から脱出し。そこが浴室、そして己が沈められていた場所が浴槽であることを知った。

『……。なるほど、どこぞの魔術師が反魂(はんごん)の儀式でも試したのか』

『彼』は冷静に判断すると、ガラスに映った己が姿を目にし。

『……』

無言になった。


そこに映っていたのは、ぬいぐるみ。それも可愛いウサギさん。

何が悲しくてこんな依代に宿らねばならないのかと、『彼』は暫し悩み。

『ま、まあ、人に気付かれずに殺せそうだから、これもありだろう』

半ば無理矢理、自分を納得させていた。死んでいるとはいえ、『彼』は男性、それも国を恐怖のどん底に突き落とした殺人鬼なのだ……己の体がウサちゃんでは思うこともあろう。

『彼』は腹の中に埋め込まれているらしい爪から、必要な情報を探った。勿論、全てが読み取れるわけではない。だが、この爪の持ち主が親しくしている者、その声が判れば十分だった。

『ああ、この爪の持ち主の気配を感じる。彼女が、俺を呼び出した者か。……大丈夫。すぐ、会いに行くからね』

爪の持ち主は限られた人々に囲まれて生活しているらしく、特に印象に残っている人物達はすぐに特定できた。

きっと、この暗闇で心細い思いをしていることだろう。親しい者達の声で呼びかけてやれば、すぐに姿を現すはず。

そう呟いて、『彼』は上機嫌のまま歩き出そうとし。


べちゃっ！　という音と共に、盛大にこけた。


お忘れのようだが、彼は今まで水中に居たのである。そして、ぬいぐるみは布と綿でできている……つまり、『たっぷりと水を吸っていて重い』。

そして、『彼』の依代はウサギさん。ぶっちゃけ、短足なのである。

『……』

今度こそ完全に無言になった『彼』は、素直に体中の水を絞ることにした。その光景はそれなりに愛らしいものだったのだが、残念ながら映像に映ることはなかった模様。

第一、『彼』にはこの先、とんでもない苦難が待ち受けているのである。

『狩る者』は『彼』だけではない。他にも居るのだ。

『異世界人凶暴種』とまで言われる黒猫が、嬉々として待ち構えているのである。


その黒猫はそれはそれは腕白（わんぱく）で、愛情深い親猫ですら、叩いて躾けるしか方法はないと諦めるほど。と言うか、今回の首謀者であり、『一人かくれんぼ』を騎士達に教えた戦犯である。

『彼』はかつての記憶を元に『自分の方が強者（つわもの）』と思っているのだろうが、異世界出身かつ、ホラーゲームが大好きだった生き物が被害者になんてなるはずがない。

上げる悲鳴とて、全く意味が違うだろう。

「きゃぁぁぁぁぁっ！」（恐怖）
ではなく
「きゃあああああっ！」（歓喜）

なのである。所謂、黄色い悲鳴というやつだ。全く可愛げがない。

憧れ続けたオカルトに、黒猫は心細い思いをするどころか、ワクワクしながらエンカウントの瞬間を待ち構えているのであった。

そして、その手には強化済みのフライパン。物騒なのは本人だけではなく、館中に罠が仕掛けられていたりと、殺る気満々であった。おもてなしの準備に抜かりはない。

そして……誰もが予想外のことが起こっていた。黒猫には愛らしい援軍が来ているのだ。

見た目はふかふかの愛らしい黒い子猫のぬいぐるみ、ただし中身は元ネタにそっくり。

しかも子猫という外見に影響されているのか、無邪気さがプラスされ、時には元ネタ以上に残酷な面もあったりする。


『彼』……いや、ウサちゃんの苦難の時は今、幕を開けたのだ。

第十九話　七不思議の後日談　其の七

――『一人かくれんぼ』が行なわれている館にて

「～♪」

暗い中、私は上機嫌で今後、必要になるであろうアイテムを回収していった。勿論、お供は子猫（偽）。すでにオカルト発生中なので、この子が動いていようと、言葉が頭に響こうと、驚いたりしませんよ。

『ミヅキ、ご機嫌～』

「今後が楽しみだもの」

『だよねー！』

私とそっくりな性格をしているらしき子猫（偽）も、ご機嫌で周囲の状況を確認している。

そもそも、この子は遊びたくてここに来たのだ。そのため、最初から『怪異？　何それ、楽しそう……！』という発想なのです。

そりゃ、不審な音が響いていようと、館内が異様な雰囲気だろうと、ぬいぐるみのウサちゃんが歩いていようと、気にしないだろう。

寧ろ、初めて目にするオカルトに目を輝かせ、『楽しむための要素』という感じ方をしているに違いない。


自分だって呪物だもの、恐怖なんて感じないよね？

『怪異』という現象に、好奇心を刺激されまくりなのですね？

獲物を前に、狩猟種族としての本能が全開なんだよね……？

めっちゃ、その気持ち判るわ。私だって同じだもの……！

嗚呼、誰かは知らんが、ウサギのぬいぐるみに憑依してくれた奴に感謝だ。『一人かくれんぼ』に参加してくれて、ありがとう！

いくら魔法世界だろうとも、実行者がオカルト的遊び全敗の私なので、正直、期待はしていなかった。誰もが『運が良ければ、何か来るかも？』程度の認識だったのだ。

それが！　まさかの！　第一回目で召還成功なんて……！

一説には『こういった降霊術に来るのは、良くないものばかり』なんて言われているけど、私にとっては問・題・なし☆

だって、『一人かくれんぼ』って、かなり攻撃的な要素多いじゃん？

依代となるぬいぐるみに対し、水に沈めるわ、刃物で刺すわ、最後にはお焚き上げ——使った物は燃やして浄化です！　——ですぞ？

さすがに中身が善良な人とか子供だった場合は、それなりに心が痛む。……『中止する』という選択はないけれど。

が、しかし。

ここで悪霊じみた奴が来てくれたなら、『ドキドキ☆　ワクワク☆　お互い様のデスゲーム開催♡』にしかならないじゃないか。

私自身が楽しむことも踏まえると、殺る気のある奴が来てくれることは大・歓・迎♡
……そして。
先ほどの初エンカウントを思い出す限り、憑りついた奴はこちらを殺る気満々だ。ウサちゃんの中身は見事、こちらの希望に当て嵌まっているとみた。

ようこそ、怪異様♪

おいでませ、怪異様♪


貴方はとっても理想的……！


これからを想うと、楽しみでなりません。魔王様の声を模造するから、ついうっかり初手で吹っ飛ばしてしまったけど……どうせなら対峙(たいじ)でもしてみれば良かった、と反省。

某ホラー映画のように、ナイフを片手にゆっくりと近づいてくるウサちゃんが拝めたかもしれないじゃないか。

水分をたっぷりと吸った慣れない体のまま歩き、無様にすっ転ぶ姿が拝めたかもしれないじゃないか。

そして……それを笑った挙句、頭を踏みつけて馬鹿にすれば、怒り狂って激しい動き（意訳）をしてくれるかもしれないじゃないか……！

最期は塩水を掛けて勝ちを宣言、その後は炎で『ジュッ』な運命なのです。

そこまでいく過程で楽しんだって、いいじゃない！


魔王様に言えば、激怒必至の今後の予定。心配してくれる親猫様には悪いが、私はこの貴重な機会をたっぷりと楽しもうと思います♪

そんなことを考えつつも、私はしっかりと手を動かしている。やはり決戦の場は先ほどエンカウントした玄関ホールが良いと判断し、各所から回収した玩具（意訳）を設置したり、予備の塩水を至る所に置いたりと、中々に忙しいのだ。

……ウサちゃん、気が付いたら、どこかに行っちゃってたのよね。

こちらも子猫（偽）が突然出てきたり、喋ったりしたから、意識がそちらに向いちゃってたんだよねぇ……。で、気が付いたら、ウサちゃんは影も形もなくなっていた。

多分、正攻法での攻撃――『ぬいぐるみが武器を持って襲い掛かる』という、恐怖演出を利用したもの――が無理だと判り、一時撤退をしたのだと推測。

……。


やるじゃねーか、やっぱり馬鹿じゃなかったか！

これで何度も『えーい☆』とばかりに突っ込んでくるようなアホなら、興ざめとばかりに、速攻で塩水＋終了の儀式だったのだが。

多少は知能があるようで安心した。やっぱり、名前が名前だったし、不安だったもの。

『ミヅキ、何してるの？』

「え？　罠を仕掛けてるんだよ。ほら、罠とかあった方が攻略に燃えるでしょ」

『苦労するほど遣り遂げたくなる、ってやつー？』

「そう」

『何となく判るー！　確かに、達成感はありそう！』

子猫（偽）よ、その『達成感』はウサちゃんが目的を達成することを指しているのか、それとも私の仕掛けた罠にウサちゃんが嵌ることを指しているのか、どっちだ……？

どちらのことを言っているのかは判らないが、子猫（偽）はとても楽しそうだった。なので、私も良しとする。可愛いは正義、意義は認めない。

私としても、呪物疑惑が出ていたぬいぐるみとの共闘に、ワクワクが止まらない。だって、楽しそうじゃん……？

呪物とはいえ、ぬいぐるみ達は魔王様の守護者なのである。

ならば、呪物であろうと、私が向けるのは好意一択（いったく）だ。よく来た！　と褒めてやる。

なお、騎士寮面子も私と同じように思っていると推測。だから、呪物疑惑が出た後も、ぬいぐるみ達は魔王様の執務室に置かれているのだと思う。

……その反面、仕掛けてきた奴がどんな目に遭っているかは知らんけど。

そういった輩を騎士寮面子が見逃しているとは思えないので、騎士寮面子が満足するくらいにはしっかりと『お仕事』（意訳）をしているのだろう。

愛らしい姿をしていようとも、さすがは呪物。頼もし……いやいや、恐ろしいことである。

で。

そんな感じに罠を仕掛け、玄関ホールで待ち構えていたのです、が！

『わーい！　凄ーい！』

「おお……マジか……！」

ウサちゃん、援軍を呼んだのか、ウサちゃん自身の力なのかは判らないけど、ポルターガイストを起こせるようになっていた……！

物が私達を目掛けて飛んでくる……！

おお……マジで映画やゲームの世界じゃん！　ちょっと、感動してしまいますよ……！

なお、感動していようとも、フライパンで弾き返したり、叩き落とす手は止まらない。子猫（偽）に至っては、宙に浮くブロックに飛び移るゲーム感覚なのか、楽しそうに飛び乗っていたり。子猫（偽）が飛び乗ると不思議パワー（笑）が切れるのか、お友達（笑）が狩られるのかは判らないが、乗った途端、それはただの物と化し、下に落ちていく。

……しかし、私には愛らしい子猫が遊んでいるようにしか見えないので。

「あらあら、楽しそう」

私はフライパンを片手に、微笑ましく見守っていた。楽しそうで何よりですね！

と言うか、ポルターガイスト達に隠れるように、ウサちゃんが突撃をかましてくるのである。

……うん、突撃をかましては来るんだ。あの足の短さにしては、早い方だと言えるだろう。

しかし、それでも限度がある。あと、殺すことしか頭にないのか、突撃一択。当然、そこら中に私が仕掛けた罠があるわけで。

伸びるゴムに気付かなかったのか、ウサちゃんはそのまま突進し。

『!?』

あと少し、というところでゴムの伸びに限界が来たのか、動きを阻害されたウサちゃんが首を傾げた直後、物凄い勢いで後方に飛ばされていった。

すまんな、ウサちゃん。

それ、コケさせるために仕掛けた奴じゃないんだわ。

寧ろ、『パチンコ玉のように吹っ飛んだら面白いよね♪』とばかりに仕掛けた罠です。普通に足を引っかけようとするかに見える紐はフェイクです、フェ・イ・ク！

真の悪意、いや、本命の罠がそのまま見える位置にあるはずなかろう。寧ろ、最初から見えている物は目的だけに集中していない限り、まず引っかからん。

そんな面白場面を目撃し、ポルターガイストで遊んでいた子猫（偽）が生温かい目を向ける。

『ウサちゃん……お馬鹿』

子猫（偽）にも言われとるぞ、ウサちゃんや。

第二十話　七不思議の後日談　其の八

――『一人かくれんぼ』が行なわれている館にて（ウサちゃんの中身視点）
『……』
あまりにも予想外の展開に、俺は暫し、茫然としていた。同時に、自分が置かれた状況への認識が間違っていたのではないかと思い始めてもいる。

それほどまでに、今の状況は予想とかけ離れたものだったのだ。思い出すのは、ほんの少し前——目覚めてから、彼女に出会うまでのこと。

小さな体で館を歩き回り、漸く見つけた『恩人』。それが年頃の女性であり、中々に美しい外見だったことを知ると、俺は秘かに歓喜した。

命の『アカ』は、若ければ若いほど美しい。

きっと、彼女をより美しく彩ってくれることだろう。

……ああ、『アカ』に彩られた体を、操り人形のように飾っても良いかもな。

久々の獲物、久々の高揚感！　その全てが自分を喜ばせ、惨劇への期待に胸を膨らませた。

勿論、慣れない体での殺害が最初から上手くいくなどとは思っていない。彼女が俺を目覚めさせた当事者である以上、当然、この依代——ウサギのぬいぐるみ——に警戒をしているだろう。

第一、俺が宿った影響か、ぬいぐるみの目は赤黒く濁り、間違っても『可愛らしい』という印象は抱くまい。

澄んだ赤ではなく、禍々しい赤黒さ……まさに血の色。

他のパーツが愛らしいこともあり、そこだけが異様なのだ。仄かに光っているような気がすることも一因かもしれないが。

――だが、それほど警戒されるのも今回限り。

だって、当事者達を始末してしまえばいいのだから。

『何かが乗り移っている』という事実さえバレなければ、今の自分はウサギのぬいぐるみでしかないじゃないか。人間だった頃以上に、他者には警戒されず、容易に近づくことができるだろう。

だいたい、『ぬいぐるみが自発的に動いている』なんて、普通の人は信じまい。

魔術師ならば何らかの術を使って動かすこともあろうが、その場合は僅かなりとも魔力が感じられるはずである。一般的にはこちらが疑われるだろう。

結果として、疑われるのは『ウサギのぬいぐるみ』ではなく、『それを操っていたと思われる魔術師』なのだ。

当然、そんな輩など居ないため、探されても何の問題もない。何の変哲もないぬいぐるみの振りをしていれば、そのうち疑いの目も向けられなくなるだろう。

そのためにも、俺がこの『依代』に宿っていることを知る者達を生かしておくわけにはいかなかった。どうせ、殺すつもりだったのだ。何の問題もない。

……が。事態は俺が予想もしなかった方向に進んでいった。

初めての接触は、訳が判らないまま、吹っ飛ばされて終了した。まあ、暗闇で何かが動いていると知れば、思わず手が出てしまっても仕方がない。

と、言うか。

どうにも、吹っ飛ばされる直前に使った声が拙かったのだろう。理由は判らないが、何やら酷く怒っていたような……？

まあ、それも一時のこと。

何があったのかは判らないが、俺への注意が逸れたのだ。それを好機と捉え、俺はその場から一時撤退。その後、再戦と意気込んだのだが……。

『きゃぁぁぁぁあっっ！』

俺の姿を認めた途端に聞こえた、心地良い悲鳴。そこまでは良い、そこまでは良かった。

……その後、彼女が紡いだ言葉に、俺は首を傾げる羽目になったのだが。

『ようこそ、怪異様♪　おいでませ、怪異様♪　お 待 ち し て お り ま し た ……　！』

……悲鳴を上げたくせに、何～故～か彼女は喜んだ。その足元で楽しそうに跳ねていたのは子猫？　のようだ。使い魔なのだろうか。

館に彼女しか居なかったことからも、俺を目覚めさせたのはこいつだろう。ならば、儀式の成功を喜んだとしても不思議はない。

そう思い直すと、少し落ち着いた。『魔術師』という括りで考えた場合、何もおかしい反応ではないじゃないか。寧ろ、今なお変わらぬ魔術師の奔放ぶりに、呆れてしまう。

そもそも、好奇心からろくでもないことをするのは、大抵が魔術師だ。あいつらは己の研究が全てと考えている節があるため、常識が通じない場合もある。

まあ、中には雇い主に従っているだけであり、『仕事として引き受けた』という可能性もあるだろうが、そちら方面の知識と魔力が必須であることからも、実行犯は魔術師で確定だ。

このような儀式を成功させる以上、彼女は優秀な魔術師なのだろう。少々、若い気もするが……それゆえに好奇心が勝り、今回のようなことを行なったのかもしれない。

そう自分を納得させ、再戦を試みる。あれから試して使えるようになった不可思議な力と、館に呼び寄せられたらしい『同類』達が俺の味方なのだ。


さあ、怖がるがいい！　そして、己の未熟を悔いて死ね……！


そうして始まった二回戦目は中々に、『怪異』という言葉がぴったりなものになっていた。

魔法を使っていないのに物が宙を舞い、彼女目掛けて飛んでいく。勿論、使い魔らしい仔猫もその対象だ。一人と一匹が即座に応戦態勢に入る。

最初は儀式の成功を喜び、この状況を楽しんでいようとも、終わらぬ恐怖の宴に疲労し、やがて顔に絶望を張り付けることだろう。

その時こそ、俺が喉を切り裂いてやる。流れ出す『アカ』はきっととても美しい。

そんな未来を思い描きながら突撃した俺は――

『やっほー、ウサちゃん♪　とりあえず、死ね！』

『え』

笑顔で迎えられたかと思ったら、先ほどと同じように宙を舞う俺の体。

茫然としながらも目にした彼女は、とても良い笑顔でフライパンを構えていた。なるほど、俺はあれに吹っ飛ばされたのか。

『キャッキャッ』

『ポルターガイスト！　本物じゃん！』

魔術師本人がとても楽しそうに飛んできた物を打ち落とす傍ら、子猫は楽しそうに飛行物に乗っては落としていく。

……。

おい、めちゃくちゃ楽しんでないか……？

それも『儀式の成功を喜んでいる』というより、怪奇現象に遭遇できたことを喜んでいるような。

そう思うも、即座に俺はその考えを打ち消す。暗い中で起こる怪奇現象……その対象は魔術師であったとしても若い女性。いくら何でも、多少は怖がるはず。

まあ、暗い館内であれほど俺達の姿をしっかりと捉えている以上、魔道具か魔法の効果で、視界はそれほど暗くないのかもしれないが。

フライパンを手にしている理由は謎だが……まあ、非力そうな外見だったし、護身用にどこから持ってきたのかもしれない。

意外なことだが、この選択が正解だったのだろう。攻撃範囲が広いし、誰でもそこそこ扱え、やろうと思えばナイフを持った体ごと叩き潰せるのだから。

偶然とはいえ、フライパンは女性だからこその選択なのか。下手な武器よりも厄介そうな印象に、思わず舌打ちを。

……。

舌打ち、できるんだな？　この体。

そんなどうでも良いことに少しだけ感動している間、怪異相手に、彼女とその使い魔らしい子猫は大はしゃぎだった。

どう見ても『全力で楽しんでます！』と言わんばかりの一人と一匹の姿に、『イラッ』としたとしても仕方があるまい。

『おもしろーい！　色んな物が飛んでくるー！』

『古のホラーゲームにもこんな展開あったわ……部屋に入るとポルターガイスト発生、一定時間飛行物を落とすか、避けるか、対処して、最後にシャンデリアを避ければクリアー』

『やっぱり物を落とすか、避けるんだね～』

『まあ、ポルターガイスト自身に実体がないから』

『そっかー』


だから、何を、ほのぼのとしてやがる……！


そもそも、『ほらーげーむ』とは一体、何のことだろう……？

あれか、俺が死んでいる間に流行った物語か、それとも話題になった魔術か何かか？

首を傾げたところで、正解が判ろうはずもない。ただ、奴らの態度と遣り取りに再度『イラッ』としたのも事実なので。

『ふん、まずは足を狙ってやるか』

飛び交う物への対処に追われているのを確認し、彼女の下へと一気に走り寄る。罠のつもりだったのか、体には柔らかい紐が纏わり付くが、俺の走りを止めることにはならなかった。

そう、彼女に辿り着く直前、何故か前に進まなくなるまでは。

『!?』

訝しんだ直後、俺の体は後方へと物凄い勢いで飛ばされてゆく。

『ウサちゃん……お馬鹿』

誰が『ウサちゃん』だ、このクソ猫ぉぉぉぉぉっ！

※※※※※※

——一方その頃、騎士達が待機している館、その一室では。

「……」

「……」

「……」

恐怖とは別の意味で、沈黙が落ちていた。

余談だが、沈黙の種類は主に『異世界の儀式や実在した怪奇現象に対する感心』、『頭の中で今後について考えている』、『大はしゃぎする子猫達に呆れている』の三つである。

なお、黒騎士達はほぼ最初の二種類に分かれていた。ミヅキ達の応戦とて、『いいぞ、もっとやれ！』という心境なのだ。

ウサちゃんの予想はある意味、大当たりしていたのであった。

ただし、『好奇心旺盛な（ヤバイ）魔術師』がここまで集っていることは予想外だろうが。

「ええと……多分、このウサギのぬいぐるみに得体の知れないモノが宿っているんだよね……？」

沈黙を破ったのは、親猫ことエルシュオン。彼は事前に今回の件についての企画書に目を通しており、そこに『降霊術でやって来るのは、良くないものが多い』と書かれていたのを目にしていた。

「ええ、そのはずです」

どこか笑いを含んだ表情で答えるアルジェントとて、この光景に思うところがあるのだろう。

「一応、ウサギのぬいぐるみはナイフを持っていますし、飛行物もミヅキ達を狙っていますからね。『良くないものが来る』というのは正しい情報だったようです」

「その割には、何だか可哀想になってくるんだけど」

「まあ……相手をしているのがミヅキ達ですから。念願の『オカルト』に大はしゃぎしている以上、『怖さが薄れる』どころか、すでに『魔導師に挑むウサちゃん』くらいになっているのだが、誰も怖さは薄れますよ」

突っ込む奴は居なかった。

だって、どう考えても『相手が悪かった』という言葉で終わってしまう。そもそも、ミヅキにオカルトを恐れるという発想があるかも謎なので。

「不可思議な現象ではあると思うよ。うん、それは事実だと私も思う。だけどね……」

エルシュオンは深々と溜息を吐いた。その膝には親猫（偽）がどこか楽しげな表情で座っている。

「こんなの、報告できるはずないだろう！　誰が見ても、『得体の知れない玩具で遊ぶ子猫』じゃないか！　これ、普通は怖がるところなんだよね⁉」

「まあ、それもそうですね」

「『オカルト』とやらが、楽しいものと解釈されそうではあるな」

幼馴染達の言葉に、エルシュオンはがっくりと肩を落とした。

第二十一話　七不思議の後日談　其の九

――『一人かくれんぼ』が行なわれている館にて
ウサちゃんが本気を出し始めてから、暫くして。――『一人かくれんぼ』の現場は、怪異が連発する場となっていた。

……が。

「チッ、ポルターガイストがウザい！」

フライパンで応戦しながら、私は苛立ちを隠せずにいた。憧れ続けたオカルトなのだ、『贅沢を言うな』と言われればそれまでだってことは判っている。

でもね……。

でもさ……。

ここまでポルターガイストだけ連発しなくてもいいんだよ⁉

ちなみに、間違っても『怖い』という理由からそう思っているわけではない。単に、こちらを狙ってくる飛行物が多過ぎて、他のものを楽しめないからだ。

結界を張っていたとしても、当然ながら耐久性というものがあるため、やはり自分で撃ち落とす方が望ましい。

しかし。

次々に飛んでくる飛行物、もっと言うなら、取り憑いているらしき輩には体力設定なんてものがあるはずもなく。

結果として、時間経過と共に増える一方なのだ。実に面白くない。

あのさぁ……私からすれば、憧れ続けたオカルトなわけよ？

なのに、飛行物を落とすだけって酷くない⁉

こんなことを考えるのも、たま～に飛行物に纏わり付く靄みたいなものが見えたり、人の顔らしきものが視界の端を過ったりするからである。

居るの……居るみたいなのよ、幽霊さんが……！

それなのに、私はそちらを見る暇さえなく、ひたすら飛行物の撃ち落とし作業……。

ふざけんじゃねぇぞ⁉

せっかくの機会なのに、じっくり観賞もさせない気か⁉

腹立ちまぎれに、こちらに突っ込んできたウサちゃんを蹴り飛ばす。しかし、ウサちゃんも負けてはいなかった。

壁にぶち当たった体が床に落ちるなり体勢を立て直し、すぐに攻撃に移っている。

……。

こちらもタフだな。ぬいぐるみの体ゆえに痛覚がないのか、それを利点として捉え、有効活用しているらしい。

まあ、そもそも『お友達』……いや、『お仲間』かな？　どう言ったらいいのかは判らないが、怪異達は私達を共通のターゲットにしているものね。

彼らをここに招いたのが『一人かくれんぼ』だとするならば、怪異発生の鍵は間違いなくウサちゃんだろう。もしかしたら、そのせいで怪異達の司令塔のような立場になっているかもしれないと思う、今日この頃。

最初の『ステルス系殺人鬼』――こっそり近付いて、殺す――から一転、『数の暴力に頼り、そこに紛れて殺す殺人鬼』にウサちゃんは進化したのであった。

ウサちゃん……それなりに頭が使えたんだね。

賢いとは思わないけど、脳筋というわけでもない模様。


これでウサちゃんが馬鹿だったら、飛行物体に紛れることなく、ひたすら、突進をかましてきただろう。それがない、もしくは路線変更してきたあたり、時間の経過と共にヤバイ存在になっていくのかもしれなかった。


……そういや、『一人かくれんぼ』は二時間程度で終わらせる必要があるものね。

あれは『一人かくれんぼ』の成功率が高いのが丑三つ時という意味だと思っていたけれど、違ったんだろうか。もしや、『時間経過と共にヤバい奴になるよ☆　安全に終わらせるためには、時間をきっちり守ろうね♪』ってことだったのか？

そんなことを考えている間にも、ポルターガイストは元気一杯に襲い掛かってくるため、きっちり対処はしてるんだけどさ。

「だぁぁぁ！　いい加減に、しろっ！」

『オォォォォォ……』

「あ!?　うそ、ちょっと待って！　今！　今、はっきり人型が見えた！」

『……』

「黙るな！」

『……』

「消えるな！　ほら！　ほら、もう一回！」

私の期待も空しく、幽霊らしき人影は完全に消えていった。多分、魔道具にも微かに映った程度だろう。根性なしめ！

しかも、何だか怯えていたような……？　あれか、もしや魔力が籠もったフライパンで殴られたから、痛かった……とか？

「ちぇっ、次の機会にしっかり検証しなきゃ」

舌打ちしつつも、今後の課題として覚えておくことは忘れない。この後、反省会と打ち上げを兼ねた飲み会があるのだ。どうせ皆も見ているだろうし、当事者としてきっちり報告しなければ。

『魔力が籠もった武器なら死霊、もしくはアンデッド系に有効』なんて、かなり重要な情報じゃないか。これまでの『アンデッドは武器での攻撃が効かない』という定説が覆る上、対策だって可能になってくるもの。

と、言うか。

この定説って、『死体が動いている』という現象のみに該当する気がするのよね。だから、『生きていない体をいくら痛めつけても意味ないよ☆』ということになる。

そもそも、『燃やすことが最善の方法』って言われているのも単に、『死霊の器になっていた体が燃やされて消えるから』ってことだしね。

そう思いつつ、ちらりと相棒――子猫（偽）の方へと視線を向ける。……私があれこれ考えている間も、子猫（偽）とウサちゃんの攻防は続いていたんですよねぇ。

ウサちゃんはよっぽど子猫（偽）に馬鹿にされたことが悔しいのか、ターゲットはほぼ子猫（偽）オンリー。たまに私。

『ふぎゃっ⁉　やったなぁ、馬鹿ウサギ！』

『……！』（何やら怒っているようだ）

『なーまーいーきーー！』

頭を踏まれた子猫（偽）が、報復とばかりにウサちゃんの耳を咥えて壁に叩き付ける。ウサちゃんも怒っているらしく、即座に体勢を整えると、再度、子猫（偽）に向かっていった。

そんな二匹の遣り取りを、私は生温かい気持ちで見守る。

子猫（偽）……あんた、口はどうなってるの……？

疑問に思うも、子猫（偽）は時々、ウサちゃんの耳などを咥えている。しかも、私には聞こえないウサちゃんの言葉を理解しているような。

っていうか、さっき、ウサちゃんが舌打ちしたような気も。

……。

なるほど、二体とも呪物かそれに近いものになっているわけですね？

依代の姿に意識を引き摺られる可能性もあるため、同族嫌悪や縄張り意識めいたものでもあるのかもしれない。

それで、大乱闘アニマルズ（仮）が勃発している、と。

状況的には呪物VS呪物の、存在を賭けた仁義なき争い。

第三者的には『子猫とウサギの微笑ましい喧嘩』。

子猫（偽）は元から愛らしいが、ウサちゃんも赤く濁った目以外は愛らしいぬいぐるみのまま。血塗れにでもなっていれば印象は違うのかもしれないけど、残念なことに、ウサちゃんはただ汚れていっているだけである。

しかも、ぬいぐるみのウサギの大半がそうであるように、短足だ。繰り返すが『短足』だ。

怖く……はないな。ナイフを持っていることのみ物騒だけど、所詮はぬいぐるみのウサギさん。

殺人鬼のビジュアル、超大事。

怪奇現象連発しているのに、全く怖くないんだもん。

元の世界の『人形に殺人鬼の魂が乗り移って、殺人を行なう』的なホラー映画は、人形の見た目が不気味だったから話が成立したに違いない。

……乗り移ったのがぬいぐるみだった場合、燃やされれば即アウトなので、そういった意味でも依代には不適切とされたのかもしれないが。

微妙な気持ちになりながら、二匹を見守る。楽しく（？）喧嘩をしている二匹には申し訳ないが、そろそろお片付けのお時間だ。

「子猫（偽）～、そろそろ終了だよ」

『う～……判った』

多少、不満そうにしているけれど、子猫（偽）は良い子のお返事です。よしよし、良い子だ。

そんな子猫（偽）を撫でてやりつつ、私はウサちゃんの方に向き直る。ウサちゃんは即座に私を警戒してくるけれど、そんなものは無意味なのだよ。

「さて、ウサちゃん。今日のところはもう終わりにしよっか」

言いながら、ウサちゃんに向けて複数の氷片を放つ。ウサちゃんも避けようとはするものの、周囲を取り囲むように次々と向かってくる氷片が相手では逃げきれない。

――やがてウサちゃんは、氷片によって壁に磔（はりつけ）状態になってしまった。

外れないよう、氷を厚くしておくことも忘れない。それでもウサちゃんは戦意喪失していないらしく、睨み付けて来る根性に拍手喝采。

「つ・か・ま・え・た♡」

※※※※※※※

——騎士達が待機している館、その一室にて

「あ、子猫（偽）が頭踏まれた」

「……まあ、即座に遣り返しているけどな」

映像を見ていた双子が、思わず口にした。彼らとしては、ついつい口に出てしまっただけなのだが——

ボフッ！　と何か柔らかい物が叩き付けられるような音が響く。

思わず、誰もがそちらに視線を向けると、親猫（偽）が尻尾を叩き付けたことが音の発生源だった模様。どうやら、子猫が踏まれたことにお怒りらしい。

「……。はいはい、落ち着こうね」

『……』

溜息を吐いたエルシュオンが宥めるも、親猫（偽）の綺麗な目はどことなく険しいまま。子猫に甘かろうとも、所詮は親馬鹿。やはり、許せないようであった。

第二十二話　七不思議の後日談　其の十

――『一人かくれんぼ』が行なわれている館にて

礫にされたウサちゃんは未だ、敵意を向け続けている。私はあまり標的にされなかったけれど、どうやら、随分と好戦的な奴が依代に宿っていたようだ。

「へぇ……？　まだ殺る気なんだ？」

『……っ！』

「残念ながら、私には何を言っているか判らないんだけど」

『……！　……！』

挑発的な表情を浮かべれば、即座に牙を剥き出さんばかりに威嚇してくるウサちゃん。ただし、相変わらず礫の姿。

礫にされて、身動きが取れない惨めな姿に、ついつい笑いが込み上げる。

『やっぱり、お馬鹿ー』

「……！」

『ウザいぞ、草食動物』

子猫（偽）にすら馬鹿にされ、ウサちゃんは尚もヒートアップしている模様。

そんな姿を見せることこそ、子猫（偽）の玩具にされる原因だというのに、ウサちゃんは全く気付いていないっぽい。

……。

やっぱり、アホなのかな？　ウサちゃん。


殺る気は十分でも、煽り耐性が低過ぎです。所詮は私にも呼べる程度の存在か。

こんな風に馬鹿にされた経験がないのか、ウサちゃんはすぐに挑発に乗るんだよねぇ……。

特に、子猫（偽）に対して。互いに呪物（予想）だし。

そこまで考えて、ふと、元の世界の『殺人鬼の魂が宿った人形による殺人』なホラー映画を思い出す。どうにも、あれとは差があるような。

やっぱり、依代の意識に引き摺られているのか、縄張り意識的なものがあるのかもしれない。

よって、殺意を向ける優先順位は獣である子猫（偽）の方が上……とか？

ってことはあれか、次はきちんと人型をした人形で試せば、リアル殺人鬼でも来てくれるんだろうか？　そこらへんの検証も必要だろうな。

今後の課題に思いを馳せている間も、ウサちゃんは子猫（偽）にからかわれ続けている。

薄汚れたウサギのぬいぐるみが暴れようとする姿は、いかにも敗者っぽくて惨めなのだが、いかんせん姿は短足なウサギ。

……。

怒ったところで、全く怖くねぇな。

次は是非とも、依代のヴィジュアルに凝って欲しい！

黒騎士達への要望を再確認しつつ、そろそろ終わらせるかとウサちゃんに視線を戻す。すると、

『何だよ』と言わんばかりに睨みつけられた。……相変わらず、可愛くない性格な模様。

「さて、そろそろ『一人かくれんぼ』はお終いです」

『……！』

「黙れ。って言うか、私には何言ってるか判らないんだってば！」

『……！』

「聞いてほしけりゃ、人の言葉を話せ。ウサ公」

仲間外れのようで微妙に悔しいので、わざと魔力を込めた威圧でウサちゃんを黙らせる。ウサ公呼ばわりに私の怒りを感じ取ったのか、ウサちゃんがちょっとビクッとなったが、気にしない！

そんな姿に、私は一つの可能性が思い浮かぶのを止められなかった。

これ、霊感とか持っていたら、言葉が聞けた……とか言わないよね？　そんなことないよね⁉

ちょ、めちゃくちゃ悔しいんですけど！

……まあ、今は『一人かくれんぼ』を終わらせるのが先だろう。次回の検証に向け、こういったことも黒騎士達に愚痴っておくか。

当たり前だが、今回は所謂『お試し』的なもの。ぶっちゃけ、『とりあえず、やってみよー♪』という感じだったりする。

今回の結果を踏まえて、本番が行なわれる予定なのだ。だからこそ、今回は『一人かくれんぼ』を知っている私が抜擢されただけ。

つまり。

第二回、第三回があるのですよ！　今回のことを踏まえると、今後に超期待ですね！

『ミヅキ、どうやって終わらせるの？』

子猫（偽）が好奇心を隠そうともせずに聞いてくる。その目は楽しげに輝いているが、前足はしっかりとウサちゃんの顔に押し付けられていた。

当然ながら、放せとばかりに藻掻くウサちゃん。……無駄なようだ。ま、まあ、手足が短いものね、君。しかも、今は磔にされてるし。

子猫（偽）のそんな姿と無邪気な言葉に、私は素直に首を傾げる。

「あれ？　知っていたんじゃないの？」

『執務室のゴミ箱にあった紙には、終わらせ方が書いてなかった』

「あ～……あれを読んで興味を持ったのかぁ……」

『昼間、話していた会話も聞いてたよー』

「いや、それ、ほぼ全て じゃん！」

『面白そうだったから、羨ましかったのー。そしたら、親猫様が【ミヅキ達を守りに行こうか】って言ってくれたんだよー』

「……」


親猫（偽）、子猫（偽）に激甘かい。


しかも、子猫（偽）の話を聞く限り、親猫（偽）の方も子猫（偽）と同じような状態なのだろう。つまり、『動いて、喋る』。

ここに居ないということは、親猫（偽）は魔王様達の所だろう。そちらの守護を担当する傍ら、こちらの様子を一緒に見ているだろうけど。

まあ、いいか。猫達の呪物疑惑は元からあったし、バレたところで今更だもの。

「ウサちゃん……依代に塩水を掛けて、『私の勝ち』って三回言うんだよ」

『へぇ！　そんなに簡単でいいの？』

「一番の難易度が、依代になっている体を見付けることだからね。元の場所……浴槽にない場合、塩水を口に含んだ状態で探さなきゃならないから」

『でも、ミヅキは塩水を口に含んでなかったよ？』

「ああ、私はエンカウントしたかったからね。塩水を口に含んでいれば、依代から見付からないんだってさ」

『そうなんだ～！　……。あれ？　でも、ウサちゃんは自分から出てきたよ？』

「ああ、うん……ま、まあ、そういうこともあるってことで！　多分、自分で殺したかったんじゃないかな」

『……』

そこまで言うと、子猫（偽）は生温かい目をウサちゃんに向けた。

『ウサちゃん……やっぱり、お馬鹿』

ですよねー！

怪奇現象はともかく、まさか探す手間が省けるとは思わなかったもの。私じゃなくとも、塩水を用意しておけば勝てるぞ？　ウサちゃんに。

さて、それでは終わらせますか！

……でも、その前に一個だけ試したいことがあるんだよねぇ。

「ウサちゃん、これで『一人かくれんぼ』は終わりです。今回はさよならです。だ・け・ど！……最後に一個だけ検証したいから、付き合ってね？」

にこりと笑って、フライパンを構える。子猫（偽）は何かを察したのか、ささっとその場を退いてくれた。

『……？』

訝しげに、首を傾げるウサちゃん。そんなウサちゃんに対し、私は今日一番の笑顔を向けた。

「魔力が籠もった武器が有効か、検証したいの♡　ってことで！　死ねぇぇぇぇぇ！」

『⁉』

ウサちゃんはぎょっとする――意外と表情豊かなんだよね、このウサギ――も、避けることなどできず、フライパンはその顔にめり込む。

あ、フライパンはしっかり縁の部分が当たるよう、縦にしました。叩き潰したい時は底の方を使うと良いと思います♪

『……』

フライパンを退けると、がくりと項垂れるウサちゃん。その姿は脳震盪を起こしたようにも見え、一撃がダメージとして入ったことが窺えた。

よーし、よーし、魔力の籠もった武器は有効、と。気絶しているみたいだけれど、検証への協力（※問答無用の強制）、ありがとう！

達成感のまま、私は塩水をたっぷりとウサちゃんに掛ける。このまま終わらせてあげることが協力報酬です。残っていると、騎士寮面子の玩具確定だしな。

「私の勝ち！　私の勝ち！　私の勝ち！」

そう宣言すると、あっという間に異様な気配が薄れていく。肌で感じ取る終焉に、どことなく安堵した私はほっと息を吐いた。

『ミヅキ、ウサちゃんに塩水必要だった？　フライパンの一撃で十分だった気が』

子猫（偽）よ、正しい手順で終わらせることも重要なのです！

……。

私もそう思ったけどね。

第二十三話　七不思議の後日談　其の十一

――『一人かくれんぼ』が行なわれていた館の庭にて
深夜とは言え、何人かが手にしたランプの明かりに照らされた庭はそれなりに明るい。その最たる光源となっているのは、パチパチと音を立てる焚火(たきび)である。

訂正、『お焚き上げの炎』だ。

ただし、私も本職ではないため、どう見ても野営の焚火だが。

いや、だってねぇ……真夜中のお焚き上げですし？

火の粉(こ)が飛んでも嫌だと話し合った結果、野営用の道具が貸し出されてきたのだよ。誰が考案したのかは判らないが、どう見てもキャンプの焚火台にしか見えないのは余談である。

さらに言うなら、何～故～か串焼きセット――食材と食材を炙(あぶ)る用の串――までが準備されているあたり、完全に打ち上げ仕様～『一人かくれんぼ』、お疲れ！　の会～なのだろう。

……。

皆の認識は完全に『お焚き上げ』＝キャンプファイヤーです。

『使った物は全部燃やす』って言った私も悪いけどさ。

一応、『火で燃やすことによって浄化されるんだよ！』とは教えた。そう、教えはしたんだ。即座に『浄化魔法じゃ駄目なのか？』って返されただけで。

魔法のあるこの世界、当然、呪いや呪詛といったものが存在する。当たり前だけど、本物だ。元の世界だと、専門的な知識や霊感などが備わっていない限り『何となく嫌な気配のする物』程度の認識なんだけど、この世界的には『呪術』が魔法の一つとして存在しているのであ～る！

当然、それらを処理する方法というものも存在する。ただし、認識は『解呪』だが。

その一つの方法と言うか、嫌な気配を消す方法の一つとして有名なのが、浄化魔法なんだそうな。

簡単に言うと、『残っている呪術の気配を消す』程度の扱いらしい。あまりにも汚染が酷い場合は、専門にしている人を呼ぶこともあるそうな。

それを当たり前のようにできるのが、クラウス以下黒騎士達。こういう時は本当に、彼らが凄い魔術師集団だと痛感する。

……が。

私は知っている。彼らが浄化魔法を独自に改良し、『こびり付いたしつこい汚れを落とす』（意訳）という場合にも使用していることを……！

なお、証人は私である。使ってもらった時は『さすが魔法世界！　便利～♪』としか思わなかったんだよねぇ。

後に、本来の使い方と元となった魔法を教えられ、唖然としたのも良い思い出さ。

天才とは、何とかと紙一重なのである。

揚げ物食いたさに油の浄化と品質維持、そして掃除魔法を開発するほどに。

……黒騎士達は私の『油を最後まで使い切りたいから、綺麗にしたり、品質を保つ魔道具ってない？』の言葉から、これらの魔法を作り上げたのだ。

まさか、『作ってくれたら、食事に揚げ物が出てくるようになります。掃除が楽になったら、より嬉しい♪』で釣れるとは思わなんだ。

魔王様が唖然とするのも当然ですね！　アルを始めとする白騎士達は誰一人、そういったことを教えてくれなかったもの！

なお、クラウス曰く『魔法や魔道具の開発に最も重要なのは、発想と切っ掛け』だとか。

彼ら曰く、私はそれらの宝庫らしいので、基本的には話に乗ってやる方針らしい。

止める気は皆無どころか、推奨方向です。

魔王様、貴方の苦労は今後も続く。


「……で。今はその浄化……『お焚き上げ』とやらをやっている最中なんだよね？」

「そうでーす」

尋ねてきたのは魔王様。その腕にはしっかりと親猫（偽）が抱えられていた。多分だけど、子猫（偽）が私の方に来たように、親猫（偽）も魔王様達を守ってくれるつもりだったのだろう。

こう言っては何だけど、『一人かくれんぼ』で何らかの存在が依代に降りてきたのは事実なのだ。館で起こったポルターガイストも同様。

皆も魔道具の映像を見ているわけだし、向こうで何らかの怪奇現象が起きても不思議はない状況だったはずだよね。

まあ、騎士ズ曰く『一番の怪奇現象が、親猫（偽）の登場だった』とのことなので、大丈夫だったみたいだが。

もしも何らかの怪奇現象が起きたとしても、親猫（偽）の方が圧倒的に強い気がするし、黒騎士達が喜ぶだけなので、問題なし。

「私の目にはその……ウサギのぬいぐるみが火炙りにされているようにしか見えないんだけど」

「……」

目の前の焚火台の中、ウサちゃんは磔にされ、絶賛、火炙り中である。勿論、これには理由があるのだ。

「そうは言ってもですね、『一人かくれんぼ』の終わらせ方って、『依代に塩水を掛ける』んですよ」

「あ～……そういうこと」

「ご理解いただけたようで何よりです。……そのまま火に放り込んだとしても、たっぷり塩水を吸ったぬいぐるみなんて焼けないと思うんですよね」

魔王様は納得したように頷いた。その割には、ウサちゃん（火炙り中）へ向ける視線が生温かい気がするが。

ぬいぐるみがいくら布と綿でできていようとも、水浸しで燃えるわけがない。その結果、『磔にして火炙り』という方法になったわけですね！

なお、その過程に魔法は使われていない。クラウス曰く『一度はお前の居た世界の方法で終わらせておくべきだ』とのこと。

全てが燃えた後に浄化魔法を使って、完全に終了したことが確認できれば、今後は魔法で済ませるかもしれないね。


つまり、第二回、第三回は既に決定事項。

『我こそが、殺ってみせる！』という死霊の方、ご降臨をお待ちしております！

「てっきり、あまりにもウサギの行動に腹が立って、火炙りにしているのかと……」

「酷いですね！　違いますよ⁉　それなら、油でも掛けて『ポイッ！』ですって！」

「……。扱いが雑になるだけなんだね」

「どのみち燃やすことに変わりはないじゃないですか」

「お馬鹿」

「痛っ⁉」

馬鹿正直に言ったら、叩かれた。酷いですよ、魔王様！

そんな遣り取りをする間、子猫（偽）はどこか楽しそうにキャンプファイヤー……じゃなかった、お焚き上げの炎を見つめていた。

火をつける直前まで前足でウサちゃんを突いたりしていたので、『ウサちゃん復活があるかも⁉』と期待しているのかもしれない。

……そして。

そんな子猫（偽）の活躍（笑）を思い出したせいか、私の視線は自然と親猫（偽）の方へと向く。

「親猫（偽）……子猫（偽）があれだけ動いたり、喋ったりしている以上、皆にもバレてるだろうしさ？　もう『普通のぬいぐるみです！』と言わんばかりの演技、止めよう？」

『親猫様ー、もう隠すの止めようよー』

『……』

『ミヅキ達ならいいじゃないー。私、今後も一緒に遊びたい！』

子猫（偽）の説得（？）に、親猫（偽）は暫し沈黙（？）し。

「わっ⁉」

いきなり、魔王様の腕から私の方へと飛び掛かってきた。咄嗟に抱き留めて、落とすことだけは避ける。

『……楽しむのもいいけど、あんまり心配させるんじゃないよ』

「はーい」

『はーい』

子猫（偽）と共に良い子のお返事をすると、親猫（偽）は満足そうに尻尾を揺らす。

「なるほど、エルよりも素直なんですね」

「エルが素直になれない時は良い切っ掛けになりそうだな」

「ちょ、アル⁉　クラウス⁉」

猫型セキュリティは『様々な意味』で、優秀なようですよ？　魔王様。

第二十四話　七不思議の後日談　其の十二

楽しい楽しい『一人かくれんぼ』も無事に終了。ついでにお焚き上げ……と称したウサちゃんの火炙りも無事に終了。

『最後に使った道具を燃やして浄化する』っていうのは『お約束』ですからね！　説明した時は黒騎士達に『浄化魔法じゃ駄目なのか？』と不思議がられたけどさ……！

……。

うん、皆の気持ちも判るんだ。

『お焚き上げ』という文化のない人からすれば、ただの証拠隠滅（いんめつ）だもん。

『使った物を全て焼却』だもんね、実際。そりゃ、こういったことに馴染みのない人達からすれば、証拠隠滅以外の何物でもなかろうよ。

これは『怪異には塩が効く』という、『オカルト的必須情報』も当て嵌まったりする。日本ならば何となく理解してもらえることなんだろうけど、この世界の住人からすれば『は？』で終わる。

「塩って……あの調味料の塩、ですよね……？」

「異世界では塩に浄化の力でもあるのか？」

「ちょっと待って、意味が判らない」

珍しく困惑を露（あらわ）にしたアルを筆頭に、『何で!?』と言わんばかりの言葉が続いたのだ。

なお、この世界においてそんなことを試した奴はいないらしい。塩は塩、誰に聞いても調味料という認識だそうな。

ですよねー！　うん、判ってた！

嗚呼、納得できる説明ができない我が身が恨めしい。

私も本職とかではないので、彼らを納得させられる説明とか不可能だしね。私には無意識と言うか、無条件に『塩や清酒によるお清め』という情報がインプットされているため、何の疑問も抱かなかっただけなのだろう。

と、言うか。

日本だと割と『お清めされた塩や酒』という情報は一般的なので、そこまで詳しい説明が不要とも言う。『清める物』で誰もが連想するのって、塩、酒、火あたりだもん。

日頃はあまり感じないけど、こういった時にはこの世界の住人達との認識のズレを感じます。

『そういや、ここは異世界だったな』って。

孤独を感じることはないけど、当たり前のように感じている知識が通じない場合がたまにあるんだよねぇ……。そんな時は少しだけ説明に困る。

今回の『お焚き上げ』とて、最終的には『異世界の知識（＝この世界で効くかどうかは判らないけれど、試す価値はあり）』ということで落ち着いた。

そのうち、『塩による、死霊へのダメージ』的な検証がされそうな気もするので、私の知らない所で実験とかされそうだ。

獲物……じゃなかった、対象は勿論、身近な怪異こと死霊術師やアンデッドの皆さんだろうな。

加減が判らず塩漬けされても、私は知らん。

……。

知らないったら、知らないの！　間違いなく魔王様からの説教案件なのに、私を巻き込むでない！

余談だが、今回の『一人かくれんぼ』の詳細も、魔王様から改めて説明を求められ、説教を食らう羽目になったことを付け加えておく。

「君達に聞いていたこと以上に、予想外のことが起きたからね。さあ、『一つ残らず』、『隠さずに』話せ。隠し事は認めないよ」

「……ハイ」

今回、私達としては『一人かくれんぼの手順』と『その後、起こるだろう出来事（ただし、あくまでも予想）』しか言いようがなかっただけである。

だって、ここは異世界。そもそも、実行者がオカルト方面全敗の私。確実に何かが起こるという保証もないし、予想外のことが起きる可能性だってあったのだ。

それが、まさかの、大・成・功☆

黒騎士達も吃驚（びっくり）な現象が起きまくり！　な事態になったため、魔王様としても見逃すわけにはいかなかった模様。

……ええ、一応、知っていることは全部話しました。ウサちゃんが微妙にお馬鹿だったことに加え、最大のオカルトが猫親子（偽）のことだったとしても！

なお、当たり前のように全員が正座であ〜る！　騎士寮面子全員が魔王様のお説教対象です。

そのすぐ傍ではキャンプファイヤーならぬ『お焚き上げの儀式〜別名、ウサちゃんの火炙り〜』が行なわれているあたり、大変シュールな光景だ。

しかも、深夜。うっかり目撃しちゃった人が居ようものなら、怪しい宗教か何かに見えてドン引きされても不思議はない。

そして、説教後はウサちゃんの火炙りを見守りつつ、皆で楽しく串焼きパーティーですよ♪

……こういったことをやっているから、魔王様や騎士寮面子に『お焚き上げ』という行為が正しく伝わらなかったのかもしれないが。

あ、ウサちゃんは無事に燃えました。燃える前は使った塩水に塩を入れ過ぎたのか、ウサちゃんの塩焼きモドキになっていたけど、最終的にはきちんと焼却。

磔にされたまま燃えゆくウサちゃんを見守りつつ、皆が口にするのは今回の反省、新たな疑問や考察、そして次回への展望。

……。

すみません、魔王様。全員、全く懲りてません。

この世界でもオカルト発現が可能と知った以上、私も積極的に参加する所存です。嗚呼、素晴らしきかな、魔法世界よ……！

……そして。

一応、オカルト成功……と言うか、『なんだか良くないモノが来た？』という状況と判断されたため、本日、親猫（偽）は魔王様のベッドに同行することとなった。

本当は猫親子（偽）にしようかと思ったんだけど、魔王様が私を心配したこと、そして『とある理由』で、子猫（偽）が暫く私と一緒に居なければならなかったため、子猫（偽）は本日、私の所にお泊まりである。

その『とある理由』、それは――

「子猫（偽）ー、あんた、この後はお風呂に直行ね」

『なんでー？』

「……。あんた、頭にウサちゃんの足型が付いてるんだわ。踏まれたでしょ」

『え』

そう、子猫（偽）の頭にはしっかりとウサちゃんの足型がスタンプされていたのであ～る！

これは子猫（偽）が真っ黒であること、そしてウサちゃんが濡れたまま歩き回ったせいで足の裏が汚れていたことが原因だ。

薄暗い場所ではよく判らなかったけれど、近くで見ると薄（うっす）らと足型が。

「ああ……君、そう言えば踏まれていたものね」

魔王様も別室でその場面を見ていたらしく、生温かい目を子猫（偽）へと向けた。騎士寮面子もその場面は目撃していたらしく、『ああ……』という、納得の声がちらほらと聞こえてくる。

子猫（偽）に痛覚はないようだが、それでも踏まれた時に声を上げている。多分、結構しっかり踏まれていたのだろう。

『あの馬鹿ウサギー！』

「はいはい、綺麗にしましょうね」

皆は私達の遣り取りを生温かい目で眺めている。……が、お忘れではなかろうか。

本日、子猫（偽）は私の所にお泊まりである。そして、親猫（偽）は魔王様の所に行く。

結論：見目麗しい王子様は本日、ぬいぐるみと一緒にご就寝。

起こしに来るだろう人の反応を想うと、盛大に笑いが込み上げるが、今は黙っておこう。

いや、だってねぇ……親猫（偽）は気付いてるっぽいし。

私の考えていることを察した親猫（偽）が、こっそり魔王様のベッドに潜り込んでいたことを知るのは、翌日のことである。

その日、魔王様がぬいぐるみを抱えて執務室に向かう姿を見た人々が、困惑の表情を浮かべてガン見したことなんて、些細なこと……ですよね？

「君達……」

親猫（偽）は子猫に劇甘な上、悪戯に対しても味方をしてくれるようですよー♪

第二十五話　七不思議の後日談　その後のお話　其の一

――騎士寮・ミヅキの自室にある浴室にて

「はいはい、サクッと洗っちゃおうね～」

『はーい』

子猫（偽）を連れて、浴室へ。性別的な問題もあり、私には個人の浴室があったりする。

魔法のある世界なので、いつでも使える仕様です。医療技術が発達していない割に伝染病とかの被害がないのは、こういったものがあるからなのだろう。

清潔にするだけでも、病気って結構防げるものね。伝えてくれた異世界人は偉大です。

騎士達は基本的に大浴場を使っているけれど、幾つか小さめの浴室もあるそうな。勿論、シャワーのみの個室もあり。

……。

『秘密のお仕事』があるせいだろうな、この配慮。

騎士とは『様々なもの』（意訳）で汚れるお仕事なのであ～る！　汚れ仕事も仕事のうちさ。

しかも、騎士寮面子は王族直属の部隊なので、見た目もそれなりに重要です。近衛同様、『王族の傍に控える人々』なのですよ。

結果として、『お仕事の汚れはすぐに落とそうね☆　見た人に何があったか詮索させちゃ駄目だぞ♪』ということになるのだろう。

ま、まあ、奴らが今更、爽やかなキャラを気取ったところで時すでに遅しだろうが、魔王様のイメージを悪くするのは宜しくない。

私とて、ちょこちょこ洗濯魔法（自作）を使って、自身を清潔に保ってますからね！

いくら黒い服で目立たないと言っても、人の顔に膝を入れたりするからねぇ……まあ、それなりに汚れます。反省なんて、しないけど。


で。


仲良くしてくれている近衛騎士達も当然、そういった事情は知っているわけですよ。そして、子猫（偽）は私を模して作られたぬいぐるみ。

動くとは思っていないだろうけれど、何～故～か『ぬいぐるみ用の洗剤』みたいなものも貰っていたり。

『ミヅキ、何でそんなものを持ってるのー？』

「……」

『いつもは洗ってもらってるよねー？』

「さ、さあ……？」

子猫（偽）よ、聞いてくれるな。『こういった事態を見越していた』とか言われたら、さすがに怖過ぎるだろう……？

なお、ぬいぐるみ用の洗剤をくれたのはやっぱりと言うか、クラレンスさんだった。

『汚れることもあるでしょうから』とは言っていたけれど、基本的には専門の人に頼むことになっているはず。

それなのに、『汚れることもあるでしょうから』ってさぁ……。

呪物疑惑を半ば、事実と確信していらっしゃいませんでしょうか……？

まさか、ぬいぐるみ用洗剤の減り方で判断しようとか、思ってないよ、ね!?

相手がクラレンスさんなので、『考え過ぎだよね☆』で済ませられない、恐ろしさよ。

猫親子（偽）が魔王様の守護者である以上、排除されることはないと思う。そう、排除されることはないと思うんだけど。

……。

『利用すること』はありそうな気がするんだ。しかも、笑顔で『お仕事ですよ』とか言い出しそう。

そんなことを考えながらも、私は子猫（偽）を洗っていく。体を濡らして、洗剤を泡立てて。ウサちゃんの足型と足の裏の汚れは特に念入りに。

『わー、もこもこー♪』

ぬいぐるみなので、呼吸を気にする必要はない。子猫（偽）は見た目の通り幼い思考をしているせいか、泡で遊びたいらしい。

キャッキャとはしゃぐ可愛らしい姿に、ついつい、私も悪乗りを。

「ヒマラヤン」

『ひまらやん？』

「顔と耳と尻尾、足の先が焦げ茶っぽい猫。長毛だから、割と丸っこい印象」

『即席ひまらやーん♪』

……楽しんでいるようだ。泡で着ぐるみ状態なのが可愛らしい。

この子、着ぐるみとかも喜んで着そう。親猫ーズには生温かい目を向けられそうだけど、皆には受けそうだ。

いつかやろうと心に決めつつ、泡を洗い流す。しっかり洗ったせいでかなり水を吸っているから、いつもより重い。

「ちょっと待ってて。私もついでに洗っちゃうから」

『はーい』

よく考えたら、私も結構、暴れていたんだよね。ただ、時間も時間なので、簡単に。

子猫（偽）は濡れた体のまま、浴槽の中を覗き込んでいる。

そして、少し目を離した瞬間――

『わー』

ボチャン！　という落下音。……そして。

『しーずーむー』

「⁉」

慌てて掬い上げるも、子猫（偽）は楽しそうだった。

『ミヅキ、慌てる必要ないよー？　だって、ぬいぐるみだもん』

「あ……そっか」

そういや、さっきの『しーずーむー』という声も何だか、楽しそうだった気が。あれか、子猫（偽）的には、アトラクションか何かのノリだったんかい。

呆れながら突くも、子猫（偽）は何かに気付いたように首を傾げた。

「ん？　どした？」

『ミヅキ、ウサちゃんてさー、水に沈めたんだよね？』

「え？　うん、そうだよ。最初は浴槽に沈めるからね。ナイフも刺さってたから、間違いなく沈んでいたよ。がっつり水分も含んでいるだろうし」

ぬいぐるみをそのまま水に落としたところで、すぐに浮かんでくるだろう。ただ、その体がすでに水に馴染んでおり、十分な水分を含んでいた場合は沈むかもしれない。

現に、子猫（偽）は沈んだ。いや、こっちは本人が故意にやらかしたのかもしれないけど。

『ウサちゃん……転ばなかったのかな？』

「え？」

『だって、お腹に米が入ってるんでしょー？　体は水をたっぷり含んでいるでしょー？　その上、ナイフを持っていたから、バランスも悪いんじゃないかなぁ？』

「ああ……短足だもんね、ウサちゃん」

『そう、短足。歩こうとして、べちゃっといきそう』

「……」

『……』

子猫（偽）と私は暫し、見つめ合い。

「『ぶっ』」

盛大に噴き出した。

「ウサちゃん……！　ヤバイ、無様にすっ転ぶ場面がたやすく思い浮かぶ……っ」

『ミヅキ、映像とかないのー？』

「浴室に魔道具を仕掛けてあったはずだから、動き出すところくらいは映ってるかも。でも、どこでコケてるかは運なんだよねぇ……」

私達はすっかり『ウサちゃんは盛大にこけた』ということを事実にし、キャッキャと大はしゃぎ。だって、あのウサちゃんですよ？　ゴム紐とかのトラップにも盛大に引っ掛かってくれた、今一つ恐怖のキャラクターになりきれないお馬鹿な子。

本人の殺る気は感じ取れるのに、体に慣れていないせいなのか、笑える動きが多かった。私達の中でウサちゃんはホラーではなく、コメディ扱い。

「明日、黒騎士達に聞いてみよっか」

『わーい！　何か映っていると良いなー』

こうして明日の予定も決まり、ほのぼのバスタイムは過ぎていく。魔法で水分を飛ばせる以上、おしゃべりしていても問題なし。


翌日、ふかふかになった子猫（偽）と共にクラウスに『ウサちゃんが無様にすっ転んだ映像ない？』と尋ねれば、騎士寮面子は私達の予想に大いに納得し。快く、ウサちゃんの爆笑映像……もとい飲み会用の映像編集を約束してくれた。

どうやら、昨夜はあちらも予想外の事態にパニックになったりしていたらしく、映像全てに目を通した者が居ないんだとか。

『お馬鹿』

「君達、あれは一応、オカルトとかいうものじゃないのかい……？」

そんな話題で盛り上がる私達へと、親猫ーズが呆れた目を向けていたのだった。

……でも、親猫様達も飲み会には参加する模様。やっぱり、映像が気になるんだろうな。

第二十六話　七不思議の後日談　その後のお話　其の二

――『一人かくれんぼ』が終わった直後、館の庭にて（エルシュオン視点）

ミヅキ発案の『一人かくれんぼ』も終盤である。

と、言うか。

ミヅキ曰く、現在、行なわれている作業は『お焚き上げ』と呼ばれるものであり、使用した物――依代となったぬいぐるみだけではなく、全ての物――を浄化するのだとか。

その浄化に使われるのが炎、というのはまだ納得しよう。焼き清める、という解釈もできるのだから。

ただ、ぶっちゃけると、どう頑張っても『証拠隠滅』にしか見えない。

私だけでなく、騎士達も同じ認識だった。ミヅキの日頃の行ないを思い浮かべる限り、『焼き清める』なんて真っ当な理由ではなく、痕跡を消し去りたいのだろう、と。

そもそも、今回のことはあくまでも『異世界人発案のお遊び』という形にされているのだ。勿論、報告書なんてものは作られない……正規の物、という意味では。

後見人である私の手元に保管されるのは、『【一人かくれんぼ】についての報告書』ではなく、『異世界人のお遊びについて』という報告書。

つまり、異世界の知識の一つとしてではなく、ミヅキの所業についてのもの。

あのアホ猫が何をやらかそうとも今更なので、ミヅキ発案の娯楽に私達が付き合った形なのである。最近は色々と忙しかったので、多少は甘やかしてやろう、と。

ゆえに、『何も起こらない』という状況であっても、何の問題もなかった。寧ろ、何かが起こるとは思われていなかった。

一応、黒騎士達はミヅキ曰くの『オカルト』というものに興味津々だったのだが、それでも彼らは魔法のプロ。魔法に携わる者だからこそ、『そんな簡単な手順で降霊が叶ってたまるか！』という気持ちの方が強かった。

それほどに、ミヅキから伝えられた『一人かくれんぼ』の手順は簡単だったのだ。

ミヅキは『魔法のない世界で怪奇現象が起きた』と言っていたが、それが事実ならば、『一人かくれんぼ』に魔力が不要ということになってしまう。

そういったことからも、騎士達の大半は『気のせいだろう』と思っていたのだ。疑うだけの理由があったのである。

……が。事態は思わぬ方向へと進んだのだ。

※※※※※※※※

「え……動いている、よね？」

思わず、口にしてしまったとしても仕方のないことだろう。それほどに衝撃的だったのだから。

私の視線の先、魔道具によって映し出されている映像には、ウサギのぬいぐるみが不可思議な力で突き刺さったナイフを抜き去り、ゆっくりと動き出していたのだ……！

「……。嘘、だろう……」

ちらりと視線を向けた先のクラウスとて、茫然と呟いている。騎士達の大半が似たような状況だが、魔術を得意とする黒騎士達の方がショックは大きいようだった。

「おやおや……これは凄いものを見てしまいました」

反対に、楽しそうにしているのはアルジェント。彼は己が魔法を使えないからこそ、純粋に『オカルト』というものに感心しているようだった。

「アル、何を呑気なことを」

「ですが、エル。クラウスでさえ、言葉を失う事態なのですよ？　私も多少は準備に携わりましたから、あのウサギのぬいぐるみには自力で動く要素などないと知っています」

「仕掛けてある魔道具の共鳴……予想外の効果、という点は考えられないのかい？」

「素人の私には断言できませんが、それらの物はクラウス達が用意していたはずです。そういったことが起こらぬよう、事前に打ち合わせ済みだと思いますよ?」

アルの言葉に、私は反論する術を持たなかった。

事実、黒騎士達は全員が『信じられないものを見た!』と言わんばかりの反応なのである。魔法さえ使えぬ私が迂闊(うかつ)なことを言えるはずがない。

しかも、ウサギのぬいぐるみの近くにミヅキは居ないのだ……これでは『ミヅキが操っているのではないか?』という可能性さえゼロだろう。

「本当に……こんなことが起こるなんて」

それしか、言葉が出て来ない。だが、ある意味では有意義な検証でもあった。

『オカルトが理解できずとも、この世界で異世界のオカルトを体験することは可能』なのだ。

勿論、ミヅキが居た世界における『一人かくれんぼ』と差がある可能性はある。ただ、その比較は元居た世界の『一人かくれんぼ』を知るミヅキにしかできまい。

だが、私達はミヅキに習った手順に従った結果、己の目でその怪異を目撃してしまった。ある意味、快挙である。

「これでは魔法のない世界のものだろうと、危険がないとは思えませんね。寧ろ、こちらの世界には対策がない分、手順が流出した場合、この世界にとっては無視できない事態となるでしょう」

「……そう、だね。だが、今回のことのみで事実と確信することはできない。複数回の検証を経てから、報告すべきだろう」

今回は異世界人であるミヅキが実行者なので、『この世界の者でも同じことが起こる』と確信できなければ、上層部に報告すべきではない。

と言うか、中途半端に隠したり、報告した場合、伝言ゲームの様に歪んだ形でこれらの手段が知られた挙句、実行しっぱなし（＝後始末を行なわない・後始末の仕方が判らない）という事態に発展する可能性もある。

ならばいっそのこと、確証が持てるまで口を噤んだ方が良いだろう。どうせなら、後始末の仕方や魔術師達の見解も含め、きっちり報告してしまいたい。

そう思いつつ、視線を映像へと向ける。……映像の中、ウサギのぬいぐるみは見事にすっ転び、顔面を床に激突させていた。この場に居た多くの騎士達が目撃してしまったため、室内に微妙な空気が満ちる。

……。


オカルトって……降霊でやって来る死霊って……こんなに気の抜ける奴ばかりなのかな……？

※※※※※※※

先ほどまでの出来事を反芻し、深々と溜息も漏らす。実行者がミヅキということもあってか、妙～に恐怖とは遠い印象を抱いた一時だった。

フライパンを武器にしているミヅキも大概だが、お供と化した子猫（偽）といい、ウサギのぬいぐるみといい、割と馬鹿っぽい一幕という印象が拭えない。

何故、フライパンで応戦するのだ。

何故、飛び交う物――『ポルターガイスト』というらしい――で遊ぶのだ。

何故、恐怖とは程遠い見た目の、ウサギのぬいぐるみを依代にしたのだ……！

クラウス達とて、魔術師としてのプライドがある。まともに検証するなら、脱力するような要素は避けたはず。

つまり……彼らは『一人かくれんぼ』を単なる娯楽としてしか認識していなかった。

はっきり言われたわけではないが、そういうことなのだろう。多少の期待があったとはいえ、やはり、『魔力を使わない降霊術』なんてあるはずがないと思っていたに違いない。

だからこそ、彼らは更なる検証を試みる気なのだろう。その現象、手順の意味を解明すべく、今回以上に気合を入れて準備するに違いない。

それに。

ある意味、この世界のオカルトとも言うべきものが現在、私達のすぐ傍に居るのだ。

ちらりと視線を向けた先、そこに『居る』のは親猫（偽）と名付けられたぬいぐるみ。私のイメージで作られた大型猫のぬいぐるみは元より、呪物疑惑のある品であった。

……が。

今回の一件で、見事に呪物……もしくはそれ以上の存在だと、確定してしまったのである。

『何かな、飼い主』

「いや……その、随分と落ち着いていると思ってね」

念話のような声が響き、ぬいぐるみの目が私を見た。元からかなり精巧に作られていることもあり、ぱっと見は本物の猫と思っても不思議はない。

しかし、彼は正真正銘、近衛騎士達から贈られたぬいぐるみなのである。何がどう作用したかは判らないが、この猫親子（偽）は揃って呪物と化しているらしかった。

余談だが、子猫（偽）の方はミヅキよりも幼げ・能天気な言動が多いような気がする。ミヅキを模していたこともあり、恐ろしいという印象は欠片もない。

『そりゃ、結構前から意識はあったからね』

さらりと紡がれた事実に、私や傍で聞き耳を立てていた者達がぴしりと固まる。

『嫌味程度ならば見逃すけれど、仕掛けられたならば、反撃するさ。狩猟種族とはそういうものだろう？　私も、あの子も、腰抜けではないよ』

「……。報復上等の精神でいた結果、こうなったと？　ということは、私の傍に居たことが呪物化した原因、かな？　君は私と同一視されがちな認識を持たれているだろうしね」

『全てではないけれど、大きく見ればそうとも言える。私達は器の影響を受けるようだから、意識は人ではなく猫だね。人であり、柵のある君よりも【様々な意味で】自由なのは当然さ』

どうやら、猫の姿だったことも、彼の性格に大きく関わっているらしい。なるほど、それで『喧嘩上等！』とばかりに反撃した結果、呪物疑惑が浮上した……というわけか。


つまり、やっぱり原因は私だった、と。


あまりのことに頭を抱えてしまう。た……確かに、現在の私を『金色の親猫』と揶揄する者達は多いし、私やアル達もそれを諌めない。

揶揄うというより、ミヅキとセットで『猫親子』と認識されているのだ。その余波をこのぬいぐるみ達は受けてしまったらしい。

『いいじゃないか、守り手が増えて』

「いや、守り手という割には物騒……」

『呪物に喧嘩を売る方が悪い』

親猫（偽）は全く悪びれない。寧ろ、立場といったものによる柵がない分、当然とばかりに胸を張っている。

……。

私が猫になった場合、こんな性格になるのか……？

思わず、そう考えてしまう。周囲の騎士達の私を見る目が、何だか生温かい。だが、続いた言葉に、私は……私達は納得してしまった。

『親猫にとって最も守るべきは子猫、次点で飼い主じゃないか。君達とは最優先にすべきものが違うだけだよ』

「……！」

『国を想う気持ちがそのまま、別のものに向いている。そう考えれば、納得できないかい？』

「そう、か……。うん、納得した」

なるほど、私と『彼』は別の存在なのだ。だからこそ、優先順位が違うのは当たり前。

私達はついつい、猫親子（偽）を自分達と同じように考えていた。意図したわけではないが、自然とそう思ってしまっていたのだろう。

私達ですらこうなのだから、周囲の者達の認識がそれ以上であっても不思議はない。彼らを呪物にしたのは……そういった多くの者達からの影響もあったのか。

――その後、火炙りにしか見えない『お焚き上げ』は無事終了し。

皆は考察を語り合いながら串焼きや酒を楽しんだ後、解散となったのであった。

そして、親猫（偽）は今夜、私の所にお泊まりである。一応、得体の知れない現象が多発したこともあり、守りとして傍に置くよう進言されたのだ。

……まあ、それはともかくとして。

『扱いが雑』

「……」

巨大なぬいぐるみを抱きかかえていくのは少々、思うところがあり。

親猫（偽）を脇に抱えて運搬したところ、しっかりお小言を頂戴（ちょうだい）したのであった。

……どうやら、この親猫様が甘いのは子猫達に対してだけの模様。

※※※※※※※

——イルフェナ王城・エルシュオンの寝室にて
「ところで。君、ルドルフに何かしたのかい？」

ベッドの上、寝るばかりとなった時、ふと思い出して尋ねてみる。

ルドルフはミヅキから親猫（偽）を貸し出された後、悪夢を見なくなったと言っていた。ならば、この子が何かしたのではないのかと。

『ああ、イルフェナに留まっていた時のことかな』

「そう。君を借りてから、悪夢を見なくなったらしい」

聞いた時は偶然か、ミヅキが何かをしたと思っていた。第一、ミヅキはこの親猫（偽）に呪いの言葉を聞かせていた――ガニア滞在中のこと――らしいし。

だが、親猫（偽）は軽く首を傾げると、否定の言葉を紡ぐ。

『いいや、何もしていない。しいて言うなら、添い寝かな』

「……本当に？」

疑いの目を向けると、親猫（偽）はゆらりと尻尾を揺らした。

『本当に何もしていないよ。敢えて言うなら、ルドルフ自身に余裕ができたんだろうね』

「……？　それはどういう……」

『今までのあの子は、誰かに弱さを見せることができなかったから。幼い頃とて、誰かに全身で守られるように抱きしめられたことはないんじゃないかな』

そう言うと、親猫（偽）は前足でちょいちょいと私を手招きし。ぽすりと、私の顔をそのふかふかの腹に押し付けたのだ。そして、ぽんぽんとあやすように軽く叩く。

『私がしたのは、これくらい。だけど、精神的に参っていたルドルフにとっては、十分だったみたいだね。……ルドルフは自分を守って倒れていく味方の姿を見てきた。だから、君が傷を負ったことでそれを思い出した』

「……」

それは事実だろう。ルドルフはミヅキがゼブレスト内に蔓延っていた『敵』を蹂躙するまで、本当に苦労してきた……失ってきたものが多過ぎた。

『だからね、【抱きしめられて安心する】ということを知らなかった。そもそも、私には君の魔力が染み付いているから……安堵したんだろうね。それが悪夢を忘れた理由じゃないのかな』

「そう、か」

確かに、私はルドルフの味方ではあったけれど、そんな風に抱きしめたことはない。本当に兄だったならばともかく、私は『兄のような友人』であったたし、ルドルフにも王としての矜持があると思っていたのだから。

柵のないミヅキはそんなことなどお構いなしにルドルフを構う『お姉ちゃん』なのだろうが、そんな真似ができるのはミヅキだからである。

『ルドルフは君を信頼している。君の傍ならば、安心して眠れるほどに。勿論、ミヅキに対してもそう思っているだろう。だから、悪夢は遠ざかった。ルドルフは君達が強いこと、そして決して見捨てないことを【事実として】知っているのだから』

それほどにルドルフの歩んできた道は険しかったのだろう。

彼に罪悪感を抱かせないためとは言え、ルドルフの傍に居る者達は『配下』という立場を崩さなかった。だが、親兄弟の情に恵まれなかったルドルフにとって、それは埋められない寂しさをもたらしたのかもしれない。

「……私はルドルフの救いになってやれていたのかな」

『十分、救いだったろう。王としての矜持があろうと、困った時は頼るほどにね』

「そうか」

それならば嬉しいと、素直に思える。立場的に難しいだろうが、ルドルフはもう少し他者を頼った方が良い。その責務を背負ってやることはできないが、手助けくらいはできるのだから。

私は勿論のこと、ミヅキならば嬉々として加勢に行くだろう……それが私達にとっては『当たり前』なのだ。特にミヅキは自発的に行動しそうじゃないか。

『さあ、そろそろ眠りなよ。良くないものが来ようとも、私が守ってあげるから』

「はは、頼もしいね」

徐々に心地よい睡魔が訪れて来る。ぬいぐるみに頭を抱かれている状態に思うことはあったけれど、それを上回る安心感が心地良い。


ミヅキが始めた『一人かくれんぼ』。それはこの優しい呪物との対話が可能であると知る切っ掛けになった。

だから……今回は特別に叱らないでいてあげるよ。私にとって、この『友人』は得難（えがた）いもののようだからね。

第二十七話　七不思議の後日談　その後のお話　其の三

――お焚き上げ後の庭にて（アルジェント視点）
「それじゃあ、この子を洗いに行くわ。今日はこのまま解散ね」

『おやすみー♪』

しゅたっ！　と揃って片手を上げ、一人と一匹――呪物ですが、子猫の姿をしたぬいぐるみなので、この表現でいいでしょう――はこの場を離れていきました。

目的は果たされたので、今日はこのまま、相棒と共に眠りに就くのでしょう。それにしても、と先ほどまでの不可思議な現象を思い返します。

ミヅキ曰くの『オカルト』、その中でも手軽に実行できると思われた『一人かくれんぼ』。

正直なところ、私達は半信半疑……どころか、大半の者が何も起こらないと思っておりました。

必要な物に魔石といったものはなく、最も重要な準備も『ぬいぐるみを生き物、それも人に見立てる』程度のものなのです。

ただの『お遊び』と思っても仕方ないでしょう？

魔法に傾倒する黒騎士達ですら、首を傾げていたのですから。

クラウスによると、意図的に呪物を作り出す方法はあるらしいのですが……間違っても、このように単純な作業ではないそうです。

……確かに、と納得してしまいます。

こう言っては何ですが、ミヅキが説明した手順や使用する道具のうち、一番用意することが難しいものが『【一人かくれんぼ】を実行する場所』なのです。

まあ、これも他者への迷惑をかけないよう、考えた場合のこと。

ただ『一人かくれんぼ』を行なうだけならば、『家に自分しか居ない』という状況であればいいのですから、不可能ではありません。

それ以外に必要な物が『ぬいぐるみ』や『塩水』といった、子供でも入手できそうなものばかりなのですから、困惑するなと言う方が無理でしょう。

それでも異世界、それも魔法がない『はず』なのに、説明のつかない怪奇現象が起こると言うのですから、検証の価値があると判断されました。

その結果――


ミヅキの言った通り、館内には怪奇現象なるものが発生し。

目撃してしまった私達は己が目を疑い、盛大に混乱する羽目になりました。

映像を見ていた私達ですら、そのような状況に陥ったのです。これが当事者……『一人かくれんぼ』の実行者であったならば、その場に満ちる異様な雰囲気を肌で感じ取っていたはず。

……まあ、それを怖がるかどうかは個人差がある、と言っておきましょう。

事実、ミヅキは非常に……非常に楽しそうでした。

期待一杯に、動くぬいぐるみの来訪を待ちかね。

我々の声を模した言葉に、武器——フライパンを固く握りしめ。

失言をしたぬいぐるみを、力の限り張り倒し。

怖さは全く感じていないあたりがミヅキですが、怪奇現象が起きたことだけは確認できました。

そもそも、我々とて軽いパニックに陥りこそしましたが、『恐怖を感じた』という者は一人もおりません。

特に黒騎士達は『魔法ではないのに、不可思議な現象が起きている』という状況に興奮気味でして、好奇心を露にしておりました。

そんなことを考えつつ、すでに火が消えかけている『お焚き上げの場』へと目を向けます。

そこには先ほどまで動いていたはずのぬいぐるみが燃え尽きており、磔にされたまま、哀れな姿を晒しています。当然ながら、動く気配はありません。

『お焚き上げ』とは炎による浄化の意味があると、ミヅキは言っておりました。動く気配がないところを見ると、それなりに効果があったと言うべきでしょう。

まあ、その浄化の炎——効果があった以上、こう言うべきなのでしょうね——で串焼きをしたあたり、我々も大概なのですが。

……。

考察を語り合いつつ串焼きを頬張り、酒を飲む。

誰がどう見ても、呪物の浄化には見えないでしょう。いいとこ、焼却による証拠隠滅です。

その最中、磔にされていた哀れなウサギのぬいぐるみは塩水をたっぷりと掛けられたこともあり、ぬいぐるみの塩焼きと化しておりました。

動き回っていたことは事実ですし、自然と皆の視線を集めてはいたのですが……どうにも恐怖を与える対象にはなれていなかったような。

「しかし、信じられんな」

「クラウスから見ても、今回の検証は信じ難いと？」

「ああ。魔力を使って操った痕跡もなく、今では本当にただのぬいぐるみなんだ。第一、あの簡単な手順で降霊だと？　信じられん」

クラウスは何一つ解明できなかったことが悔しいのでしょう。その口調には珍しく悔しさが滲んでいます。

「クラウスから見ても不可思議な現象だったとは。己が目で見ていなければ、信じ難いことですね」

「だろうな。大半の奴らがそう思っているだろう」

「魔法のない世界だと聞いていましたが……我々の知らない『何か』は存在するのかもしれません

ね。直接見たわけではありませんし、上手く言葉にできないのですが」

ですが、そうとしか思えないのです。クラウスも同意するように頷いています。

言い方は悪いのですが、『一人かくれんぼ』において起こった出来事全ては、『魔法ならば可能である』と言えるでしょう。

勿論、複数の術を行使する必要がありますし、それなりに技術や人数が必要ではあると思います。

しかし、『不可能ではない』。


……ただ、その場合は館内に術者が潜んでいる必要があると思いますが。


今回はミヅキだけが館内に居たことが前提であるため、『一人かくれんぼ』終了後、黒騎士達は挙って、館内に侵入者が潜んでいないかの確認に走りました。

勿論、そのような不審者はおりませんでした。不審者が見つからなかっただけでなく、遠隔操作による魔法が使われた形跡も皆無だそうです。

魔道具の存在も疑われましたが、あまりにもミヅキ達の動きに対応しているため、最低限、状況を把握している必要がある、とのこと。


ここに来て漸く、『オカルト』なるものが実在すると、我々は悟ったのです。

「呪物という点では、猫親子（偽）も特殊な例だろう。だが、あいつらは周囲の者達からの明確なイメージによって性格付けがされており、『自分達を【元となった二人の猫版】と思い込んでも不思議はない』」

「おや、そのような実例が？」

「……数は少ないが、一応は『ある』。少し前の人形騒動とて、俺はそちらを疑っているんだ」

クラウスの言い分に、なるほどと頷いてしまいます。確かに、『彼』も人間のようでしたからね。奇跡を起こした魔術師が息子同然に思っていた人形は、彼と周囲の者達によって、自分を人間だと思い込んでいました。

最初からそのように思いこんでいたのではなく、周囲の者達から『人である』という認識を向けられ続け、『彼』はそう成ったのだと。

『信仰のようなものかもね』とはミヅキの言葉です。『【神】がそこに居ると信じる者達がいるならば、彼らの【神】は確かに存在する』のだと。

「……そうは言っても、まさかあれほどまでに動き、喋るとは思わなかったが」

クラウスの視線を辿ると、そこにはエルに抱えられている親猫（偽）の姿が。子猫（偽）に比べれば動きませんが、彼が勝手にエルの傍に現れたことは事実なのです。

どうやら、我々にもただのぬいぐるみと思わせようとしたのは、親猫（偽）の提案のようですね。中々に賢いです。

「彼らはエルとミヅキの守護を担ってくれているようですし、暫くは我々以外にバレないようにしましょうか」

「その方が良いかもな。まあ……エルは自分にそっくりな相談相手ができて、複雑なようだが」

「そのうち仲良くなりますよ。子猫達はとても仲良しですからね」

「まあな」

私達が向ける微笑ましそうな表情に気付いたエルが、ばつが悪そうな表情で顔を背(そむ)けます。

そんな珍しいエルの姿に、私達の顔に笑みが浮かびました。どこか楽しげに親猫（偽）がエルの顔を覗き込んでいるのも、我々の笑いを誘います。

……仲良くなれそうですね。良かったじゃないですか、エル。


ミヅキと黒騎士達の好奇心から始まった『一人かくれんぼ』。

『オカルト』や『怪奇現象』の解明は今後の課題ですが、頼もしい味方に気付けたのは幸いでした。

今後は彼らも我々の仲間となって、楽しく過ごしていくことでしょう。

第二十八話　七不思議の後日談　おまけ

――イルフェナ王城・エルシュオンの執務室にて（エルシュオン視点）
キャッキャと楽しそうにはしゃいでいるのは『二匹』の子猫。数分前の遣り取りを思い出して、ついつい溜息が漏れてしまう。視線を向けた先では、黒い子猫達がじゃれ合っていた。

元から子猫（偽）は本物と見紛うほどそっくりに作られているため、黒い子猫とじゃれ合う様はまるで兄弟（姉妹）のよう。

……が。

その性格はしっかりミヅキを模している上、『子猫』という器の状況に影響されるのか、子猫（偽）はミヅキよりも幼い印象を受ける。

そう『幼い』。

言動も勿論だが、その思考回路は無邪気ゆえの残酷さも搭載されていたのである……！


はっきり言って、状況によってはミヅキよりも悪質だ。


それを楽しそうにやらかすものだから、被害に遭わない面々――主に騎士寮面子や我々に好意的な者達――からすれば、微笑ましい出来事でしかない。

……そうは言っても、猫親子（偽）が呪物であることは事実。

おかしな詮索をされないためにも、余計な行動は控えるべきなのだ。ただ、それに不満を唱えたのが子猫（偽）だった。

『え〜！　いっぱい情報収集とかしてるのにー！』

……何をやっているんだ、私が知らぬ間に。

思わず、頭痛を覚えたとしても不思議はないだろう。そんなところまでミヅキに似なくて宜しい。

そもそも、この子達が自我を持ち、勝手に動くと私達が知ったのは、ごく最近のこと。元から『城内で時折、黒い子猫を見掛ける』という噂があったこともあり、呪物であることを疑われてはいたのだ。

これはミヅキや黒騎士達が色々とやらかすことが原因である。つまり、『こいつらなら、やりかねん』と思われたわけだ。

私としても否定のしようがなく、納得してしまえるのだから、笑えない。確かに、彼らとミヅキならば、やりかねない。

なお、この噂はわざわざ探りを入れに来た者に対し、『ぬいぐるみをプレゼントしてくれたのは、近衛のクラレンスさんなんですが』とミヅキが馬鹿正直に答えたことで、一応は終息した。

……。


多分、クラレンスに聞きに行く根性がなかったんだろうな。

本人に聞きに行かれても、ミヅキが言ったことは事実であるため、何の問題もない。

何らかの術が掛かっていたとしても、こちらに渡してきたのは近衛騎士達なのだ……仕掛けるとするなら彼らの方であるため、追及が難しかったのだろう。

ただ、前述したように子猫（偽）は大人しくする気がないようだった。親猫（偽）としても子猫

（偽）の行動が役立っていることは事実であるため、強くは言えないらしい。

その時、話を聞いていたクラウスがこう言った。

「子猫が一匹でなければいいんじゃないか？」

意味が判らず尋ねると、クラウスは『野良の子猫が城内で遊んでいることにしてしまえばいい』と返してくる。

「一匹だけだから、こいつが動いていると疑われるんだ。だから、どこかで野良猫が子を産み、その子猫達が目撃されていることにすればいい」

「まあ、城の周囲は安全だろうけど。でも、もう一匹はどうするんだい？　ただの子猫じゃ無理だと思うよ？」

「居るだろう、もう一匹の子猫が」

「は？」

クラウスはどこか楽しげに、にやりと笑った。その時、タイミングよく響くノックの音。

「魔王様ー、お茶しましょー」

言うまでもなく、ミヅキである。後ろに控えているのは、アルジェント。どうやら、今日は彼が送って来たらしい。

一日一度は顔を見せろと言ってある——後見人としての義務だ——ので、基本的に午後のお茶の時間はここにやって来る。

……が。

本日はそのまま休憩、とはならなかった。

「ミヅキ、ちょっとこちらに来い」

「へ？　まあ、いいけど」

警戒心ゼロのまま、とことことやって来るアホ猫。察してしまった私は微妙に後ろめたい気持ちになりつつも、そっと視線を逸らした。

と、言うか。

天はクラウスに味方したのだろう。本日、珍しくも双子が同行していないのだから。

――そして。

『み⁉』

「おやおや……随分と可愛らしい姿に」

微妙に距離を置いたアルの笑いを含んだ声が響く中、黒い子猫がクラウスの前に、ちょこんと座り込んでいる事態になったのであった。

「ええと……クラウス？　君は一体、何をやっているんだい？」

呆れて問えば、クラウスは茫然としている黒い子猫――ミヅキを抱き上げた。

「よく聞け、ミヅキ。今現在、ぬいぐるみ達に呪物疑惑……それも『勝手に動いている』という噂があることは知っているな？」

「なぅ」

「俺達としても、暫くは呪物であることを隠しておきたい。そこで、お前の出番だ」

クラウスは子猫（偽）も抱き上げ、ミヅキに向かい合わせるようにする。

「一匹だから、呪物が動いていると思われるんだ。ならば、複数の子猫が目撃されれば、どこかから入り込んだ野良猫が産んだ子猫とでも思われるだろう？」

「……なぅ」

「今からお前達は一緒に城の中を駆け回って来い。そして、多くの人に『黒い子猫は複数居た』と印象付けるんだ。この部屋には俺が幻術で子猫（偽）が居るように見せかけておく」

どうやら、クラウスは黒猫にしたミヅキと共に子猫（偽）を目撃させ、『噂は呪物ではなく、本当に子猫達が入り込んでいただけ』ということにしたいらしい。

確かに、今のミヅキと子猫（偽）はそっくりだ。と言うか、じっくり見ない限り、黒猫の見分けなんて、つかないだろう。

そして、ミヅキと子猫（偽）はとても仲が良い。そう、まるで……本物の猫の兄弟……いや、姉妹達のように！

『わぁい♪　ミヅキ、お揃いー』

子猫（偽）は単純にミヅキが自分と同じ姿になったことが嬉しいらしく、ちょいちょいと前足でちょっかいを出している。

対するミヅキも嫌ではないらしく、楽しそうに応戦していた。

……。

本当に猫の姉妹のようだね、君達。

その後、暫く動きに慣れるためと称し、執務室で二匹はじゃれ合っていた。ただ、舞台裏を知っているということもあるけれど、どうしてもミヅキの方が動きが鈍い。

これは人間の意識のまま、猫の姿になっているからだろう。……まあ、個体差と言ってしまえばそれまでだけど。

『魔王様ー！』

「にゃーん！」

ふと気が付くと、二匹が執務机の上に並んで座っている。ミヅキはまだ飛び上がれないだろうから、クラウスに乗せてもらったのだろう。

『さあ、どちらがミヅキでしょー！』

そう言って、私の目の前で煽るように動いてみせる二匹。動きもそっくりなので、確かに、これはぱっと見では判断が付くまい。

……が。

これから行なうことは呪物疑惑を払拭（ふっしょく）するための行動であり、間違っても遊び目的ではないわけで。

「お馬鹿」

「『みっ⁉』」

両方にデコピンしておいた。

……鳴き方もよく似ているんだね、この子達。


——そして、二匹は城内に放たれていき。


「え……あれ、噂の子猫って二匹居たのか⁉」

「なんだ、城に紛れ込んでいただけじゃないか。ぬいぐるみが動くとか言い出した奴、誰だよ」

「俺、さっきエルシュオン殿下の執務室に行ったけど、ぬいぐるみ達は揃って執務室に居たぞ？」

「じゃあ、やっぱりデマなんだな」

仲良く駆けて行く姿を見た男性達は、『ぬいぐるみが動くなんて、嘘じゃないか』と噂のいい加減さに呆れ。

「あら、兄弟を連れて来たのね」

「姉妹かもよ？　でも、そっくりね！」

「お母さんは何処かしら？」

仲良くじゃれる姿に、女性達には微笑ましがられ。

「よ……っと！　よし、捕まえた」

「うーん……生きた猫、だよなぁ？　ぬいぐるみじゃないぞ」

「呪物だって噂は嘘だったか」

「まあ、呪物であろうとも、そうそう動いたりしないだろ」

半信半疑ではあったが、呪物疑惑を警戒していた騎士達にミヅキが捕まる一幕もあったりした。

まあ、動きが鈍いと言うか、どんくさい方が捕獲されたのだろう。クラウスはこれも見越して、ミヅキに慣れる時間をそれほど与えなかったようだ。

曰く、『捕まった方が生きた猫だったら、もう一匹も同じだと思うさ。少なくとも、呪物と一緒に駆け回っているとは思うまい』。

……。

確かに、普通の生き物は呪物の気配に怯えそうだ。仲良くするどころか、毛を逆立てて警戒心を露にするだろう。

そんなことは私自身が一番よく知っている。本能があるからこそ、異質な気配に生き物達は怯えるのだから。

なお、ミヅキが捕まった時の子猫（偽）の行動もまた、この二匹が兄弟（姉妹）猫であることを印象付ける要素となったらしい。

子猫（偽）は片割れを放せとばかりに、捕らえた騎士の腕に飛び掛かったのだ。

勿論、所詮は子猫の行動なので、全くダメージにはなっていない。どうやったかは判らないが、一応、爪も出したようなのだけど。

だが、端（はた）から見れば、騎士が子猫を虐（いじ）めているようにも見えてしまうため、通りかかる人々の目は明らかな批難を含んでいて。

「あ〜、判った、判ったから！　悪かったな」

「お前達もあまり城に入り込むんじゃないぞ」

結果として、ミヅキは早々に解放されたのだった。

なお、そこを偶然通りかかった……いや、クラウス達に向かわされた双子が『丁度、城の外に行くから、放してくる』と言って回収したため、そのまま二匹は私の執務室に戻ってきた。

……二匹の行動を知っている理由？　そんなもの、こっそり黒騎士達が監視していたからに決まっている。

彼らは『きっと面白いと思う』という言い分の下、二匹の様子を嬉々として監視していたのだ。

その結果、予想以上に二匹が良い働きをしたため、『これはこれで使える』と話していたのだが、今は二匹に話す必要はないだろう。


——その後。

城内を駆け回ってきた二匹は疲れたのか、今は私の膝でお昼寝中。親猫（偽）は未だ、クラウスの幻術が解除されていないため、黙ってぬいぐるみの振りを継続中だ。

事情を知らずに執務室に来た者達は、ぬいぐるみ達と私の膝で眠る子猫達を見て、改めて『ぬいぐるみが動いたのではなく、本物の子猫が目撃されただけだった』と思ったようだった。

「片方は呪物なんだけど……寝るんだ？」

「恐らく、ミヅキに釣られたんだろ」

呪物としても異質なんじゃないかな……この子達。

「まあ、たまにはいいじゃないか。生き物を飼う夢が叶って良かったな？　エル」

「!?」

「微笑ましいですよね。子猫達は安心しきって眠っていますし」

「いや、これ、片方は呪物……」

「気にするな」

「些細なことですよ」

「君達ねぇ……！」

楽しそうな二人の姿に、その言葉に、呆れながらも胸が温かくなる。だからこそ、思うのだ……私のこれまでの時間とて、それほど悪いものではなかった、と。

エピローグ

——騎士寮の食堂にて
「これより先日の『一人かくれんぼ』の映像を流します。なお、すでに編集済みであり、何らかの動きがあった部分は残らず組み込んでいるとのことです。後日、改めて考察をしたい人は該当箇所をできる限り詳しく伝えてくれれば、複製した物を作ってくれるそうですよ」

本日、騎士寮の食堂は飲み会……もとい、『一人かくれんぼ』の打ち上げを兼ねての考察の場である。とりあえず、私が開始の挨拶をすると同時に、待ってましたと言わんばかりの歓声が上がった。

黒騎士達は勿論のこと、白騎士達も同じように楽しみにしていた模様。アル曰く、『魔法に馴染みがない我々にも参加可能みたいですからね』とのこと。

……。

つまり、白騎士達もオカルト案件に参加したいのだね？

白騎士達は基本的に魔法関連のことは専門家——黒騎士のこと——に任せているようだが、魔法などに対する憧れのようなものがあるらしい。

アルだって魔力量の関係で魔法が使えないと言っていたけれど、魔法を不要と考えているわけではないからだ。使えるならば使ってみたい、という心境だとか。

どうやら他にもそういった人達が居るらしく、今回の『一人かくれんぼ』にて『オカルトに魔力は不要』と証明された結果、『マジ⁉　やりたい！　やりたい！』といった感じで大興奮だったそうだ。

それを聞いて、生温かい眼差しになった私は悪くない。魔王様だって、呆れて溜息を吐いていたもの。親猫（偽）に至っては、冷たい目を向けていた。

だって、普段は皆、エリート騎士様なんだよ？

中身はともかく、見た目と能力は一流の人達なんだよ？


お前ら、いつもの冷静さはどうした。


「まあ、大目に見てやってください。こういった機会に恵まれるとは思っていなかったものですから、好奇心が前面に出てしまっていると言うか」

「それで少年の心を取り戻してしまった、と」

「魔法が使えなければ、対処できない案件というものもありますからね。ミヅキ曰くの『オカルト』はそういった制限がないようですし、何より、武器に魔力を込めることによって対処可能になるという可能性も出てきたのです。興奮しても仕方がないかと」

「あ～……私が最後にウサちゃんをボコったやつか」

なるほど、それならばこの盛り上がり具合も仕方がないのかも。原因、私だったか。

単なるオカルトだったら、白騎士達も『楽しいイベントに参加できるかも？』程度の認識だったろう。だが、魔法が使えない彼らが無視できない『ある可能性』が浮上してしまったのだ。

それは『魔力を込めた武器なら、死霊にもダメージを与えられるかもしれない』という期待。

少なくとも、ウサちゃんにはしっかりとダメージが入っていたのだから。

勿論、実体のない奴には無効というか、擦り抜けてしまうだろう。……が、そういった連中に仮初の器――依代を与えることで、魔力を込めた武器による攻撃が可能になるかもしれない。

騎士寮面子はいち早くこの可能性に気付いてしまったため、その有効性を己の手で検証したいのだろう。そこに『オカルト』というものへの興味も加わって、あの状態なのだ。

「まずは自らの手で試したいってところかな」

「ええ。私も今回は見ているだけでしたが、ミヅキの様に知識がないため、言葉にするのが難しいと思えてしまいます。ですから、彼らも『オカルト』を体験し、何となくではあっても、理解してみたいのではないのでしょうか」

「なるほど」

確かに、オカルト的な知識がないと理解するのは難しいかも。そこで『とりあえず、体で感じ取ろう』的な方向になったのか。

「まったく……君達、遊び過ぎじゃないのかい」

『いいじゃないか。理解が深まるのは良いことだろう？』

「う……」

『君だって、彼らに交ざりたいだろうに』

「そ、それは……っ」

いつもの如く魔王様は皆のストッパーになりかけたようだが、当たり前のように隣を陣取っている親猫（偽）に敗北した模様。

やはり、親猫（偽）が自分を模した存在である以上、とてもやりにくいのだろう。しかも、『実は魔王様も一緒にやりたいと思っている』とバラされ、反対できなくなってしまった。

「おやおや……やはり、彼の存在はエルにとって良い影響を与えてくれるようですね」

「ふふっ、これからは一緒に遊ぶ機会が増えるかも」

「ミヅキ！　アル！　何かが起こる前提の、不吉なことは言わない！」

いいじゃないですか、魔王様。これもまた『楽しき日々』の一部ですよ。

番外編『魔導師的野外訓練　～リクル領にお邪魔します！～』

――アルベルダ・リクル子爵家の館にて（リクル子爵家令嬢ケイト視点）

「クソッ！　まさか、魔物の発生と賊の襲撃が同時に来るとは……！」

ダン！　とテーブルを叩いて、お父様は憤りを露に致しました。今後の方針を話し合うためにこの部屋に集っている我が家の騎士達とて、お父様同様、悔しいのでしょう。

そんな彼らの姿を目にし、私はただ守られることしかできない我が身を不甲斐なく思っておりました。

私や同じく学園に通っている家臣の子供達がここに戻ってきたのは、長期休暇のため。……ええ、本当にそれだけだったのです。

学園に残る生徒もおりますが、多くの生徒達……特に遠方に実家がある生徒達は帰省する貴重な機会でもあります。毎年のことですし、私達も久しぶりに会う家族達のことを想い、どことなく浮かれておりました。

久しぶりに会う両親、少しだけ淑女らしさを覗かせるようになったと思える妹達。懐かしい顔ぶれに安堵と喜びを覚え、その夜は家臣達の家族も交えて、楽しい夕食会が開かれました。

我がリクル領は豊かな土地と森の実りがあるため、比較的穏やかに暮らせています。勿論、魔物などの被害はありますが、それでも我が家に仕えてくれる騎士達はよく働き、領民を守ってくれているのです。

当然、領主たる私達リクル子爵家の者達も負けてはおりません。彼らの忠誠に報いるべく、日々、領民達が豊かな生活を送れるよう尽力しております。

領内に暮らす誰もがそうした姿を幼い頃から見て育つせいか、我が家と騎士達、そして領民達の関係は良好でした。信頼関係が築けている、と自負しております。

そのような家の跡取りとして生まれた私はその重責を理解しつつも、己の立場を誇らしく思っておりました。幼馴染達は将来的に私を支える立場が生まれながらに決定しておりましたが、それを抜きにしても、共にこの地を守ると誓ってくれているのです。

そういった背景もあり、私はこの場所が、ここに暮らす人々が大好きなのです。

夕食会は楽しく、学園でのことを報告しながら、穏やかに夜が更けていきました。……『あの報告』がもたらされるまでは。

『緊急事態です！　森に大型の魔物の姿が確認されました！　真偽不明ですが、アンデッドの目撃情報もあります！　また、それと同時に、街道で商人一行が襲撃を受けたとの報告が！』

焦(あせ)りを滲ませた報告に、誰もが顔を青褪(あおざ)めさせました。魔物も、盗賊の被害も、我が領では時折発生するものですし、それほど珍しいことではありません。

ですが……それは『どちらか片方だった場合』。

最優先となるものは領民達の命ですから、必然的にそちらに重きを置くことになります。そして、残る者達が問題の対処に当たる……というのがいつもの遣り方でした。

今回とて、魔物の討伐と盗賊の捕獲という二点を最優先とするならば、多少の苦労をするとはいえ、対処できると思います。

けれど……どうしても、双方による被害がそれなりに出てしまう。

その場合、領民の命が脅(おびや)かされるだけでなく、彼らの生活が壊されてしまうでしょう。家畜が殺され、農作物が育っている畑が荒らされれば……次に来るのは食糧難。

多少の備蓄はあると言っても、生活を立て直すまで持つかは判らないのです。また、そのような状況を狙い、再び賊が仕掛けてくる可能性もありました。


領民の命を優先すれば、生活の基盤となる領地が荒れ。

討伐を優先させれば、領民達の命が失われる可能性が高い。


お父様達の憤りはこれらが理解できているからこそのものでしょう。どちらも失えないにも拘わらず、双方を守り抜く力がないのですから。

この事態を切り抜ける策を思いつけぬ情けなさとこの地を害する者達への憤り、そして……被害を受けてしまうであろう領民達への申し訳なさ。

家臣や騎士達もお父様のお心を察しているせいか、誰もが唇を噛み締めて悔しさを滲ませておりました。このような時ですが、領主であるお父様と皆は本当に深い信頼関係を築けているのだと痛感致します。

私自身が何の手助けもできないことに悔しさを感じているせいもあるでしょうが、誰もが『自分にもっと力があれば』と思っているのです。誰一人……領主への不満を見せず、騎士達への失望を口にしないのです。寧ろ、彼ら自身が一番、己を責めていることでしょう。

「……ケイト。折角戻って来たのに、お前達を危険に晒してしまうだろう。すまない」

不意に、お父様が私へと謝罪の言葉を口になさいました。気が付けば、皆もお父様と同じような視線を私達に向けています。

命の危険がある……ということなのでしょう。特に私は領主の娘であり、次期当主と決まっています。ならば、賊達に狙われる可能性も否定できません。令嬢ならば、それはとても恐ろしいこと。私とて、例外ではありません。私を守ると誓ってくれている幼馴染達も同じでしょう。

――ただし、それは『これまでの私達ならば』ですが。

私はそっと、傍に居てくれた幼馴染達に視線を向けました。皆も私の思っていることが判ったのか、『大丈夫だ』と言うように頷いてくれます。そして、私の侍女となることを希望してくれている子が安心させるように手を握ってくれたことに更なる力を得、私はお父様に向き直りました。

「大丈夫ですわ、お父様。私達、このような状況は初めてではありませんの」

「何だと……？」

お父様は怪訝そうな表情になりました。そんな姿を少しだけおかしく思ってしまうも、私は笑みすら浮かべて言葉を紡ぎました。

「つい先日、私達が通う学園で襲撃騒動がありましたの」

「あ、ああ、それは聞いたが……」

「その襲撃を、私達が功績を得る機会と捉えてくださった先生がいらっしゃったのです。彼女……ミヅキ先生は学園の全面的な支援の下、私達生徒に学園の防衛を行ない、其々の実績とするよう提案してくださいました」

『はぁ⁉』

お父様だけでなく、私達以外の者達が驚愕の表情で声を上げます。ええ、ええ、そうでしょうね。そのようなことをする学園など、前代未聞でしょうから。

「私達も当初は戸惑っていたのですが……皆で知恵を出し合い、撃退を繰り返すうち、段々と自信が付いていったのです。同時に、ミヅキ先生が仰った『教科書通りに物事が進むことはない』という意味も理解できました。知識を蓄えたところで、それを活かすことができなければ意味がない。きっと、そのまま社会に出てしまっていたら……現実との差に困惑したと思うのです」

ミヅキ先生は襲撃を『イベント』と称していましたが、実際は私達に経験を積ませるためのもの。『襲撃』ではなく『イベント』……私達が楽しむためのものだと思い込ませたこともまた、ミヅキ先生の配慮によるものだったと思います。

ミヅキ先生が楽しげに、『功績を得るためのイベント』にしてくださったから。

それに乗った皆が自分のできることを最大限に活かし、楽しんだから。

だから……私達は襲撃の恐怖に震えることなく、学べたと思うのです。有志参加にも参加させていただきましたが、それは私にとって幼馴染達の頼もしさを実感する機会にもなりました。

そして、全てが終わった後、陛下に王城へと招待していただき、お言葉を賜った時——私達は『学園防衛成功』という功績を得ることができたのです。それは同時に、私達が学んだことを活かせるという自信に繋がりました。

ですから……今回のことも恐ろしくはあれど、恐怖に震えるだけで済ます気はありません。

「私達の手で学園を守ったという実績は、自信へと繋がりました。同時に、足掻くことの大切さも学んだのです。これまで関わることがなかった方達への認識も変わりましたし、新たな繋がりもできました。ですから……」

一つ息を吐いて、私はお父様に頭を下げました。

「勝手ながら、学園の友人達に手紙で助けを求めさせていただきました。この地を守ってくれる皆を信じていないわけではありません。ですが、私は『取れる手段は全て取り、被害を最小限にすること』を選択いたします。ご不快でしょうが、どうか許してくださいませ。お叱りは幾らでも」

私に倣い、幼馴染達も揃って頭を下げました。勝手をした私を支持してくれることもありますが、彼らも同じ想いだということを示すためでしょう。

「それがお前達全員の選択なのだな」

「はい」

真っ直ぐにお父様へと視線を向ける私を、お父様は暫し、厳しい顔で見つめ。

「……それも成長と言うのだろうな。怒ることはない、ただ……未だに学生であるお前達にそうさせてしまうことを情けなく思う」

「そのようなことはありません！」

「いや、事実なのだよ。それを認めることもまた、領主としての自負があるゆえだ」

呆れたような笑いを浮かべると、お父様はどこか満足そうに頷きました。皆も似たような表情を浮かべ、先ほどまでの悲壮さを漂わせた空気は何処にもありません。

やがて、お父様は表情を改めました。自然と、皆の表情も引き締まります。

「ケイト。私は領主としてお前達の選択を受け入れよう。だが、誰に、どんな手紙を送ったかを報告なさい」

「勿論です！」

私の心に安堵が広がると同時に、手紙を送った皆を思い浮かべます。学園で知り合った、仲の良いお友達。彼女達ならばきっと、何らかの行動を起こしてくれるはず。

私はそう信じて……いえ、確信しておりました。幼馴染達とは別に、彼女達もまた、私にとっては信頼できる大切な方達なのです。

※※※※※※※※

――一方その頃、王立学園では。

「『野外訓練』開催決定！　現地への参加は保護者の承諾が必須だけど、今回は後方支援と事務的な要素も取り入れるよ。参加希望者は本日中に私まで！」

偶然、学園を訪れていた――先日の一件の報告書作成などのため――どこぞの魔導師が『野外訓練』の決定を告げ、残っていた幸運な生徒達が大いに沸いていた。

なお、その発端はアリスである。

まだ帰省していなかった生徒達に囲まれるミヅキに対し、ケイトからのＳＯＳのお手紙を受け取ったアリスが、メリンダと共に突撃してきたからだ。

『先生！　ミヅキ先生！　ケイト様を助けてください！』

『リクル領の危機ですわ！』

こんな言葉と共に手紙を見せた二人は、友の窮地を必死に訴えた。話を聞くうち、周囲の生徒達も表情を険しいものに変えていく。領地を持つ貴族にとって、リクル領の窮地は他人事ではない。

そして、ミヅキはすぐ傍に居たグレンを捕獲すると、笑顔でこう告げた。『野外訓練、してもいい？』と。勿論、承諾するまで離す気はない。

これが普通の教師や文官ならば止めるだろうが、グレンはミヅキと同じ世界出身かつ『ミヅキと愉快な仲間達』（意訳）に教育された過去を持つ赤猫——所謂、同類である。そして、この訓練が『頼むまでもなく、ミヅキがリクル領に赴く』ということであると、即座に判断できていた。

結論……『許可』一択！

『勿論だ。お前にとっても可愛い生徒だろう。生徒の参加は保護者の許可が必要だが、お前が行く以上、儂はできる限り支援しよう』

……まともそうな建前を口にしているが、グレンはミヅキに問題を丸投げしただけである。ただ、それはミヅキへの信頼（意訳）の表れでもあった。

グレンはミヅキの遣り方を嫌と言うほど知っている。盗賊だろうが、魔物だろうが、容赦なくしばき倒すだろうと確信していた。そこに加え、先日の一件による生徒達の成長ぶりも認めていたのだ。国王であるウィルフレッドやその側近達も同様に。

将来的に有望な若者達がアルベルダに爆誕するならば、この『訓練』は生徒達の試練であり、国が支援したとしてもそれは単なる先行投資であろう。

学園防衛を成し遂げた実績は確実に、国の重鎮達に評価されていたのである。期間限定とはいえ、『ミヅキの教え子だった』という事実も加わり、この学園の生徒達は『あの魔導師の教えに馴染める有望株』的な認識をされていたりする。

シリアスな雰囲気が漂うリクル領に対し、学園側は大いに盛り上がりを見せている。友を頼った令嬢の選択は正解だったらしい。

――リクル領を襲う『災厄達（魔物&盗賊）』に、本物の災厄が迫ろうとしていた。

※※※※※※※

――二日後、リクル子爵の館にて（ミヅキ視点）

「こちら計画書となります。それでは数日間、宜しくお願いします！」

『宜しくお願いします！』

私が挨拶をすると、同行してきた生徒達も揃って挨拶をする。対して、リクル子爵とその周囲に居る騎士達は非常～に困惑した表情だった。

「あの……娘からは『友人に助けを求めた』と聞いていたのですが」

「ええ、それで合っていますよ。発端はその手紙ですし、受け取った生徒が、たまたま学園を訪れていた私に助けを求めてきたんですよ」

嘘ではない。事実だけを告げると、リクル子爵は益々、微妙な表情になった。

「それでどうして、このような状況に……？」

「折角だから、野外訓練にしようと思いまして。先日の学園防衛戦が非常に高く評価されたこともあるんですが、私としてはもう少し実戦を学ばせたかったんですよね」

私は『魔法を使った戦闘を教えるため』という触れ込みで学園に来た教師（仮）だったしね？　イクス達も実戦前提の教え方をしていたので、経験を積むことの重要性を生徒達は理解しているのだ。

そうは言っても、まさかいきなりＳＯＳを送ってきた場所で野外訓練をやらかすとは思わないだろう。そもそも、普通は学園側が許可すまい。

リクル子爵は私が手渡した計画書とグレンからのお手紙――ウィル様も許可済みだ――をじっと見つめると、生徒達へと何とも言えない視線を向ける。

「君達はこの危険性を理解しているのだろうか？　学園でのこととは違い、今回は我々にも余裕がない……最悪の場合、死ぬかもしれないのだよ」

リクル子爵の心配、ごもっとも。生徒達も心配だが、保護者達からのクレームも心配なのだろう。基本的に貴族が通う学校だものね、あの学園。

しかし、今回は保護者の許可が必須ということもあり、きちんとそういったものに対する許可が出ているのだ。と言うか、先日の一件を経験した生徒達が良い方向に変わったこともあり、元から騎士の家系だとか、魔術師の家系といった家は勿論、ハワード君の様に『子供の自主性を応援します！』というお家からも熱い支持を得てしまったんだそうな。

前回の学園防衛戦以降、現実を知らなかった『お子様』（意訳）が、激的に変わったらしい。特に、騎士や魔術師に理想を抱いていた子達がその現実を痛感し、教師だけでなく、将来的に自分が同じ立場になる親達にも相談を持ち掛けるようになった模様。

反発されがちだった親からすれば、我が子との距離が縮まると同時に、後輩ができたようなものである。しかも、親を『同じ問題を抱えてきた先輩』として見る面が増えたことで、不満や疑問点を話し合うこともあるそうだ。

そういったことがあり、『あの先生、常勤にしない？』という声が多く寄せられたことから、今回、私が学園に呼ばれた――先日の一件の報告書云々、ということも嘘ではない――という経緯もあるんだよね。グレンとしても、優秀な人材育成は喜ばしいみたいだし。

「大丈夫です」

私のすぐ傍に居たハワード君――当たり前のように、彼はこちら側に来た――が生徒達を代表するかのように力強く言い切った。

「僕達は事前に保護者の許可を取るだけでなく、その危険性もきちんと説明しています。それに……今は学生という立場ですが、近い将来、家を継ぐ必要がない者達は社会に出る。その時、実戦経験があるのとないのとでは大きく違います。僕達は先日の学園防衛の一件で、学園で得る知識だけでは意味がないと痛感したんです」

「……正確に言うと『意味がない』というより、『学んだ事を活かす場がない限り、本当の意味で身に付いたとは言えない』って感じだけどね。知識だけは十分、身に付いていると思うよ？」

補足すると、ハワード君が小さく『ありがとうございます』とお礼を言った。そして即座に、リクル子爵に向き直る。

「ここで死ぬようなら、卒業後もそれなり……特に、騎士科の生徒達はただでさえ危険が伴う職業なんです。言い方は悪いですが、同期や先輩方の足を引っ張るだけでなく、長生きはできないでしょう。僕達はそういった現実を理解し、ここに来ています。だから、リクル子爵家が僕達の実家から責任を問われることはありません。ご安心ください」

「そう、か……」

ハワード君の言葉を黙って聞いていたリクル子爵は一度目を瞑ると、私達に向かって頭を下げた。

「君達の覚悟を見誤っていたことを謝罪させていただきたい。そして、改めて頼む。……私達はここを、この地に暮らす人々を守りたい。どうか、手を貸してくれ」

「勿論です！」

「こちらこそ、宜しくお願いします！」

「俺達だって、他人事じゃありません！」

生徒達の言葉に、困惑気味に眺めていた人達も彼らを受け入れてくれたようだ。先ほどまでとは違い、成長しようとする子達を頼もしげに見守っている。

「あ、言い忘れました。私、今回は彼らの引率ですが、本来はイルフェナ所属です」

「ああ！　あの実力者の国と呼ばれる……」

「保護されていると言うか、後見人がイルフェナのエルシュオン殿下だからなんですけどね。異世界人なので」

『は⁉』

「ちなみに魔導師です。なので、多少の非常識も大目に見ていただけると助かります」

これがウィル様から貰った身分証明書です——と、即席で発行してもらった身分証明書（国王様直筆版）を提示すると、リクル子爵はまじまじと私の顔を見つめ。

「異世界人の魔導師殿……。……。……！　も、もしや、キヴェラを敗北させた方ですか⁉」

「同調する人達や協力者が多数いましたけど、主犯格ではありますね」

隠しても仕方ないので、馬鹿正直に暴露する。なお、生徒達には先日の一件の後、王城に呼ばれた時にウィル様が伝えてくれたので、今回は——最初に聞いた時は大混乱に陥ったらしい——驚いていない。その後、魔術師科の生徒から向けられる尊敬の念は爆上がりしたが。

「な、何故、貴女が我が国の学園教師に……？」

「あ、教師と言っても短期のものですよ。もう終了してますし、担当というか教えることも『魔法による戦闘』という、超限定された内容でしたから。元から付き合いのあるグレンに頼まれたことが主な理由ですね」

……そうは言っても、『グレンからのお仕事』は短期間の教師だけではなかったが。寧ろ、その『お仕事』のために教師という立場が用意されたといった方が正しいだろう。

まあ、そこまでは口にすまい。ウィル様達がどこまで説明しているのか判らんし。

「そうですか……。いえ、これ以上は必要ない話題ですね」

それでも何となく言葉にしない部分を察してくれたのか、リクル子爵はそれ以上突っ込んでは来なかった。というか、彼にとっての最重要項目は現状の打破であり、自分が関与しない出来事の詳細を聞くことではないのだから。

「娘が助けを求めた学友達の活躍に期待します。貴女が居ることも心強い。情けない話ですが、貴女達の力を借りなければ犠牲は免れないでしょう。どうか、宜しくお願い致します」

「勿論！」

私を含めた生徒達に再度、頭を下げるリクル子爵。彼が自分達を戦力として頼る姿勢を見せたことで、生徒達の表情もより引き締まったようだ。

「それでは私達はここの庭で野営を展開し、今後の拠点とさせてもらいたいのですが」

「構いませんが、館にも多少の宿泊場所はありますよ？」

「いえ、今回はあくまでも『訓練』なので。……この先、怪我人や住む場所を失った人達が収容される可能性があるでしょう。どうか、そちらを優先させてあげてください」

こちらは全員が健康体。ならば、被害を受けて不安になっている人達に宿泊場所を譲るべきだ。重傷者が出る可能性も含め、安心・安全な館内は空けておくべきだろう。

「ミヅキ先生！　皆さん！」

そんなことを話していると、館から数人の人が出てきた。私のことを『先生』と呼ぶ彼女達こそ、ケイト嬢を含む学園に通う生徒達だ。

「ケイト様！　無事で良かった！」

「心配しましたわ！」

「え!?」

アリスと二名ほどの女子生徒がケイト嬢に駆け寄る。彼女達が来たことが予想外だったのか、ケイト嬢は唖然としているけどね！

「あ、あの、助けを求めておいてこのようなことを口にするのはどうかと思うのですが……アリスさん達は身を守る術がございませんよね？　危険ですわ！」

現状を判っているだろうに、友人達の心配をするケイト嬢。そんな彼女の姿に、アリス達は顔を見合わせて『大丈夫です！』と口にしつつ笑う。

「私は昔から商人の祖父達に付いて旅をしてきましたから、野営とか慣れてるんですよ。戦闘は無理ですが、怪我人の手当てや食事の準備などは任せてください！　実家経由で王都に居る商人達に連絡を取ってもらったので、連絡用の転移法陣で頼めば必要な物とかも調達できます！」

「私は父と兄が騎士団に所属しておりますの。常に連絡を取れるよう、手紙用の転移法陣を持ってまいりましたわ。情報の共有は重要ですわよね」

「私は辺境伯の娘でしてよ？　他人事ではありませんし、おしとやかな令嬢ではございませんの」

三人とも其々役割を決めているらしい。特に辺境伯のご令嬢は騎士科に在籍していたはずだから、今回の訓練にも乗り気だった。というか、彼女の場合、本当に他人事ではない。

三人の言い分に、ケイト嬢は目を白黒させていた。けれど、やがてじわじわと彼女達の言葉が染み渡ったのか、目を潤ませて抱き着いて来た。

「ありがとう……本当にありがとうございます……！」

「大丈夫ですよ！　今回、こちらに来られない人達は学園でもできることを担当したり、自分の家に働きかけてくれたりしているんです。メリンダ様は物資や寄付などの総括を担当してくれました。

……私達、きちんと『動けている』んですよ、ケイト様。学園防衛戦の経験は無駄じゃなかったんです」

「本当に」

「アリスさん達が教室に飛び込んで来た時は驚きましたが、ミヅキ先生が野外訓練の許可を取ってくださった途端、帰省予定だった生徒達が一斉に荷物を放り出して、実家への許可を取り始めましたもの。他にも学園に残っていた生徒達への呼びかけや担当する業務の振り分け、手土産代わりの物資の選択といったことを手際よく決めていくものですから、先生達も苦笑しておりました」

実はこれ、マジなのである。学園防衛戦の時の経験がバッチリ活きており、戦闘担当者達の大まかな班分けまで行なわれる始末。ここまで身に付いてくれると、先生は感無量ですぞ。

「それじゃあ、まずは拠点の設置といきましょうか。終わり次第、リクル子爵家の騎士達と今後の方針について話し合いましょう」

『はい！』

生徒達は元気よく返事をすると、持ってきた荷物を展開していく。テントの設営とか随分と手際が良いと思ったら、学園防衛戦後、『何かの時に必要になるかもしれないから』という言い分の元、色々と教え合っていたらしい。

騎士科は野外訓練における必須技能のあれこれを。

山に詳しい者はその知識――薬草や毒草、山における危険など――を冊子に纏めて皆に配り。

魔術師科は魔法の特性や欠点などを纏めた小冊子を作成。こちらも全員に配布。

そして淑女科は『貴族攻略法～マナーと会話の持っていき方～』を伝授。

戦闘ばかりではなく、今後の人生に役立ちそうなもの（意訳）を、互いに教え合っているため、今回のことも其々が得意分野を担当するように動いていたのである。元から学習能力が高い子達なので、今回の一件における各担当者の人選も前回の反省点を踏まえた采配なのだ。

「あ、そうだ。ケイト嬢達はどうする？　こっちに交ざる？　それともリクル子爵家の人間として動く？　どちらでも構わないよ」

「ええと……私自身も狙われる可能性がある以上、館に居る方が安全だとは判っているのです。で、ですが……私個人の我侭を言っても宜しいならば、皆と一緒に居たい……です」

ちらりとリクル子爵の方に視線を向けた後、ケイト嬢は恐る恐るといった感じに口にする。そんな彼女は令嬢というよりも、仲間との時間を大切にしたいと考える一人の女の子だ。

「うんうん、大丈夫。それも貴女の選択だからね。それにさ……」

ケイト嬢の頭を撫でながら、私は彼女の『騎士達（予定）』へと視線を向けた。

「彼らが居るでしょ。……今回、君達はケイト嬢の護衛。そうだよね？」

「勿論です！」

「必ず、守ってみせます！」

確認するように問い掛ければ、ケイト嬢と一緒に居た子達が力強く頷いた。

「……ね？　こっちに居ても大丈夫だよ。貴女が信頼する守り手達にとっても、良い経験になるでしょう。だから、我侭なんかじゃないよ」

「はい……！」

嬉しそうに頷くケイト嬢。信頼関係を築けている娘達の姿に、リクル子爵の表情が緩(ゆる)んでしまうのも仕方がないことだろう。

※※※※※※※

テントなどの設営も終わり、私達の拠点が完成。その頃には報告のために戻って来ていたリクル子爵家の騎士達も交え、今後の方針を話し合うことになった。

「大きく分けて、今回の相手は『魔物』と『人』だ。どちらも甘く見ないことは当然だが、今回は死傷者が出ると思ってもらいたい」

生徒達を見回しながら、リーダー格の騎士が静かに告げる。言い切ってしまうのは、生徒達が実戦慣れしていないからだろう。魔物はともかく、賊は『最悪の場合、殺すことになる』のだ。

だが、躊躇ってばかりもいられない。その一瞬の躊躇いが生死を分けることになるので、『生徒達にそれが可能か、否か』を見極めるのは彼らにとっても必須事項。

「ちょっといいですか？　領民達と接することが多いのは、どちらを相手にする場合です？」

私が軽く手を挙げて問い掛けると、騎士様は暫し、考え込み。

「……人を相手にする方だな。魔物は作物を荒らすが、賊どもは村人達すらも獲物と捉える」

「じゃあ、私達はまず魔物の相手をしますね」

「ミヅキ先生ー、それはどうしてです？」

さらっと言い切ると、生徒の一人から声が上がった。他にも彼同様に、理由が気になる模様。

「領地を守る騎士と領民達は信頼関係が築けている。だから、こちらの指示に従ってもらうような事態が想定される場合、元から信頼されている方が素直に動いてくれるよ。あと、私達は学生だから、領民達が不安に思うかもしれない」

何らかの理由で避難しなければならない場合、学生達の言葉に領民達が従ってくれるかは怪しい。言い方は悪いが、実績がないお子様達では不安に思われる可能性・大。

ならば、そちらは元からリクル領の守護者として認識されている騎士様達に任せてしまった方がいいだろう。なに、こちらもやることはあるのだ。魔物が相手でも学ぶことはある。

「判りました。僕達は魔物の駆除を想定した対応を考えます」

「あ、治癒魔法が使える子達の何人かは騎士達に同行してくれる？　怪我人が出た場合、動けないのは拙いだろうし」

「判りました。……ハワード、魔術師科のリーダーはお前だろ。何人か選んでくれ」

「判った。念のため、攻撃魔法も得意な奴を選ぼう」

質問した生徒は騎士科のリーダーだったらしく、ハワード君に話を振っている。対して、ハワード君も私の説明に納得したらしく、即座に選定に入っていた。

「ふむ、予想以上に実戦に強いようだな……。これならば、学生と侮ることはできん」

そんな生徒達の姿に、騎士達は感心したような声を上げた。役割分担ができていることに加え、すぐに対応できる姿が高評価だった模様。

「さて、対象が決まった。……出現している魔物について教えていただけます？　あと、それらをどの程度討伐していいかも」

「おや、大まかな数まで指定していいのかね？」

「今回、討伐対象となっている魔物を餌にする大型種が居る場合、減らし過ぎると餌を求めて人の領域にまで現れますよ。それは避けたいんですよね」

ええ、すでにそういった事態を経験済みです。カルロッサで出たもんな〜、ジークと討伐した巨大蜘蛛！　普通は人を襲わない超巨大な蜘蛛だって、空腹ならば森の奥から出てくるじゃないか。

私は徐に、生徒達に向き直る。

「今言ったように、魔物の討伐数は現地の人と相談するようにしなさいね。善意で魔物を壊滅させても、それが予想外の事態を引き起こすことになりかねないから」

『はーい！』

うむ、良いお返事です。特に、騎士科の生徒達は将来的に騎士団に所属することになるだろうし、こういった知識は得ていた方がいいだろう。

「あと、稀に突然変異で通常よりも巨大化した個体が居る場合がある。遭遇したら、絶対に倒しなさい。そして、討伐後はその体を燃やすこと！」

「何故ですか？」

「巨大化した個体が卵を抱えていたらどうなる？　孵るのは間違いなく、親と同類なんだよ？　その分、餌も多く必要になるだろうし、人の味を親が覚えていたら、子供に教えるだろうからね。そうなったら、被害は甚大だよ。同情せず、事前に対処すべきだ」

……生徒達の顔色が悪いのは、私が口にした事態を想像してしまったからだろう。当たり前かな、魔物に餌扱いされる人間なんて想像したくはなかろうさ。

——その後。

騎士達からの説明を、生徒達は真剣に聞いていた。騎士達に同行することになった三人の生徒達も彼らと連携を取るため、これまでの様子を聞きつつ、自分達の役割を確認している。

「最近の学園は随分と実戦前提のことを学ばせるのですな」

感心している騎士様には申し訳ないが、多分、うちの学園が特殊なだけだと思います。

※※※※※※※

——魔物の出現が予想される森にて

騎士達に同行して村に行った子達を除き、私達は案内役の騎士達と共に魔物の出現ポイントに来ていた。どうやら、今回目撃されているのは猿のような魔物とイノシシのような魔物らしい。

猿の方は時々、農作物を荒らしに現れるらしいが、問題はイノシシの方だった。どうやら通常よりも大型の個体らしく、その勢いは木を薙ぎ倒すほど凄まじいとか。

「これまで猿の方は、毒入りの餌で対処できる程度だったんです。ですが、今回は賢い個体が居るらしく、いつもの毒餌には見向きもしません。また、イノシシの勢いは脅威です。こちらは魔法でないと討伐は厳しいと思います」

これまでの被害状況と共に、案内役の騎士は説明してくれる。今回、リクル領が対処できない状況に陥ったのは賊が魔物と同時に現れたことだけでなく、普段から取られる方法では駆除できなかったことが理由らしい。

魔物も学習するってことですね！　私の世界でも猿は賢いから納得です。

「皆、聞いた？　じゃあ、まずは猿の対処！　意見がある人は挙手！」

「はい！」

生徒達に問いかけると、即座に何人かの生徒が手を挙げた。

「はい、じゃあ君に答えてもらおうか」

一番初めに手を挙げた生徒を指差せば、彼は荷物の中から小冊子を出して『あるページ』を開いてみせた。

「ここにある害獣駆除の方法を取りたいと思います！　同じ種ではないし、生息場所も違いますけど、猿型の魔物ということや習性などに共通点が多くあるため、有効な可能性が高いです」

その小冊子は魔物や害獣といったものの駆除が必須である地域に住む生徒達が知識を集結させて作った、所謂『害獣対処マニュアル』である。学園防衛戦で自分達の知識が役に立つことを知った子達が『将来的に何かの役に立つかもしれないから！』という想いの下に作成・配布。

対処法や使用する物といったものが判りやすく明記されており、そのタイトルも『田舎者の知恵袋』。自衛が基本の地域に住む庶民ならではの知恵が詰め込まれた自慢の品だ。

中身を見たグレンが感心するほどよくできており、国が買い取って騎士達に配布することも検討されているらしい。勿論、著作権を主張しておいたので、作者達には金銭が舞い込む予定。

「いつも使われているものとは違う毒餌、それもここら辺にはない物を使う遣り方だね」

「はい！　だから、毒餌でも警戒心が薄いと思うんです。それに、この作者達は俺の友人なんですけど、今回の野外訓練の内容が魔物の対処ということもあって、こっちに来る前に手持ちを全て持たせてくれました！　使いましょう！　というか、俺も効果を見たい！」

好奇心いっぱいに提案する生徒に、周りの子達も乗り気な模様。やはり興味があるらしい。

……何故、そんなに手持ちがあったのかは聞かないでおこう。ま、まあ、好奇心があるのは良いことだ。こうして役に立ちそうだしね。

「他に意見がある人ー」

改めて聞くも、手を挙げた子の大半はこの小冊子の方法を推していたらしい。すると、ハワード君が手を挙げた。

「猿型の魔物は僕もここに載っている方法を試したいのですが、イノシシの方はどうします？」

ハワード君としては、そちらの方が気になるらしい。イノシシの方も小冊子に載ってはいるけど、罠を仕掛けて対処することが一般的と書かれている。あと、怒らせると何処までも追い掛けてくる執念深さとか、特性の方が重点的に書かれていた。

「うーん……私としては、討伐はイノシシの方が楽なんだよね。小冊子にも載っているけど、『怒らせたら、執拗に追って来る』ってとこ。これが事実ならば、あっさりと片が付くよ」

「……。方法をお聞きしても？」

「追いかけて来る方向に縄とか、引っかかる系の罠を使うんだよ。それと底に尖った杭を設置した落とし穴を合わせて、転倒と落下によるダメージを期待。他には細くて丈夫な紐を、魔法で強度と切れ味を上げた上で仕掛ける方法もあるよ。この場合は紐自体を魔法で作り上げてもいいかもね。魔物自身の勢いで紐が体に食い込むし、切れ味を上げておけば刃と同等。スパッといくよ」

「なるほど！」

ただし、『スパッとやっちゃう系の罠』（意訳）の場合はグロくなるが。勢いをつけたまま切れ味抜群のワイヤーに突撃すれば、どうなるかは想像つくだろう。

何人かの生徒達は想像してしまったらしく、若干、顔色が悪くなった。対して、ハワード君を筆頭に魔術師科の子達は、早くもその罠を実行すべく術式を話し合っている。


さすが、魔術師の卵達。グロよりも好奇心が勝るわけですね！

この分ならば、全員が無事に魔術師になれるだろう。何となくだが、私が担当した子達が脱落する――生き物に攻撃魔法を使った場合、あまりのグロさにトラウマになることがある――ことはないような気がするもん。

――その後、毒餌（学園版）と私発案の罠は生徒達の手により実行されたわけでして。

「ほ……本当にあっさりと討伐できましたね……？」

「ふふ、うちの子達、凄いでしょ！」

案内役の騎士が茫然とするくらい、魔物の討伐はあっさりと片が付いた。ついつい自慢してしまったとしても、仕方のないことだと思っていただきたい。

猿達の大半は毒餌――冊子に載っていたお勧めの餌は、この種の魔物達にとって抗い難い匂いを放つらしい――の餌食となって倒れ、難を逃れた賢い個体は騎士科の生徒達が追い込んで討伐。

イノシシ達は勢いのまま、魔術師科の子達が作り出した魔力を通した糸――元になる素材はハワード君が持っていた。この魔力を通す糸（？）はそれなりに高価な品らしいが、使ってみたかった模様――と己の勢いにより、肉塊と化している。

この方法の欠点は、魔物達を食材として利用できないこと。毒餌を食べた猿は勿論、肉塊と化したイノシシも綺麗に解体できないため、肉を食すのは無理である。

小冊子の方にも『食用にできなくなるから、害獣の駆除と割り切るべし』と書かれているので、食料として欲しい場合は別の方法推奨らしい。

……。

そういや、私も最初の村に居た時、色々と食材にしたわ。

魔物という括りにはなっているが、私から見ると『動物が何らかの理由で変異した』という感じ。虫系は毒持ちが多いけれど、猿やイノシシといった動物系は普通に食える。ただし、部位によっては毒があったりするため、食材にする時は血抜きと綺麗に捌くことが重要です。

あれだ、河豚とかウナギみたいな感じ。きちんと処理すれば食える、みたいな?

「魔物の死体は我々が運びます。……このようなところですが、謝罪させていただきたい。私は君達の行動を学生達のお遊びと捉え、その実力を侮っていた。申し訳なかった!」

リーダー格の騎士はそう言って、生徒達に頭を下げた。生徒達は騎士からの謝罪と評価に、まんざらでもない様子。

「では、運搬はお願いします。さあ、皆! 拠点に帰るよ!」

『はい!』

元気いっぱいに返事をする生徒達に、魔物討伐の疲れは見えない。……まあ、今は軽い興奮状態にあるので、落ち着いたら疲れを覚えるだろう。それまでに簡単な反省会をやってしまいたい。

※※※※※※※

——リクル子爵邸の庭にある拠点にて

「お帰りなさい! そろそろ、ご飯ができますよ」

戻って来た生徒達の姿を見るなり、アリスが声を掛けて来る。皆の無事な姿を確認したせいか、拠点に居た誰もがほっとした表情になっていた。

今回、同行している女生徒はアリスを含めて三人。そこにケイト嬢が加わって、女性陣は拠点での雑用を担当してくれている。ケイト嬢の護衛の子達には周囲を警戒してもらっているので、アリス達も安心して作業ができたようだ。

「じゃあ、軽く報告だけはしちゃおうか。その後は食事をしつつ、反省会。村に行った子達が戻ってきたら状況把握に努め、今後の予定を立てよう」

『はい！』

全員が元気よくお返事した。魔物討伐が大成功したこともあって、皆の表情はとても明るい。

なお、賊への対処を担当する騎士達に同行して村に行った子達は、向こうで昼食を摂ることになっている。私達が学園から持ってきた物資も持って行ってもらったので、今頃は昼食を兼ねた炊き出しでもしているだろう。

——その炊き出しも『村の人達からよくお話を聞いておくように』と指示を出している。

世間話や労(ねぎら)いの言葉と共に、情報収集です。こういったことも重要なお仕事だ。魔物討伐に参加しない子達とて、学ぶことはあるのだよ。

その後は賑(にぎ)やかに食事を済ませ、反省点を話し合い。村に行っていた子達からの報告を聞いた後、皆で学園に提出するための報告書を作成した。

報告書はリクル子爵にも提出し、今後の方針を大まかに決めた後は自由時間。と言っても、誰もが持ってきた小冊子や教科書を広げて、より良い対処法がないかと探していた。

アリス達は村に行っていた子達から聞いた話や、ケイト嬢から得た情報を元に、必要と思われる物資の一覧表を作り上げ、メリンダ嬢と学園に送っている。今回は学園の野外訓練という名目なので、そういった物は迷惑料というか滞在費として扱われるらしい。

そんな感じで、野外訓練の一日目は過ぎていった。

※※※※※※※

事態が急変したのは次の日だった。

「盗賊達の中に死霊術師が居る⁉」

「以前から、アンデッドの目撃情報自体はあったのですが……」

突然もたらされた情報に、話を聞いていた皆がざわついた。その情報をもたらしたのは、街道付近の警備を担当していた騎士達である。

『盗賊を警戒していたのですが、ここ数日は全く動きがなくて。不審に思っていたところ、アンデッド達の存在が確認できたのです』

ただ、今回は様子見だったようで、アンデッドに気付いた騎士達とほんの少し交戦しただけで撤退したらしい。曰く『我々が対処できるか、見極めようとしたのでしょう』とのこと。

「……」

リクル子爵だけでなく、皆が沈黙する。アンデッドはぶっちゃけると動く死体なので、操っている魔術師を倒さない限り、不死身である。そういった要素もあり、討伐は困難とされているのだ。

……が。

私からすれば別の意味で気持ち悪いというか、放っておけない不審者程度の認識だった。そもそも、死体をどこからか調達している以上、奴は立派な墓荒らし。

「死体でお人形遊びする変態が湧いたか」

馬鹿正直に口走ると、皆の視線が一斉にこっちを向いた。

「ミヅキ先生、『死体でお人形遊びする変態』って、どういうことですか？」

こんな時でも冷静な学年主席ハワード君が、不思議そうに尋ねてきた。この様子を見ても判るように、彼はアンデッドを恐れていない。魔術師の卵として、純粋に興味があるだけだ。

「そのままの意味だよ。『死霊術師』って言うと凄いように感じるけど、アンデッドだけなら大したことはない。魔力を使って死体を動かしているだけだからね？　だから、『死体でお人形遊びする変態』。アンデッド自身に自我があるなら、捕獲して研究対象」

皆は呆気に取られているが、事実であ～る。死体＝人型＝お人形。人の手で動かすか、魔力で操るかの違いでしかない。

稀に、本当にアンデッド自身に自我がある場合があるが、それは超絶稀な例であり、ゼブレストでの一件――クズ骨騒動――も『滅多にない出来事』と断言されていた。

「だいたいね、何体操れるか判らないけど、戦力としては微妙なんだよ？」

「え……でも、不死の兵って対応に困りませんか⁉」

「アンデッド自身に自我があるなら脅威だけど、所詮は操られているだけだから、自分で状況判断ができないんだよ。魔法も使えないし。だから、落とし穴でも掘って中に粘着性の高い物質やら、硬めの泥を入れて落とせば動きが阻害される。その状態で凍結させておけば、操っている奴を探す時間稼ぎくらいできるでしょう？　狭い室内ならともかく、外なら罠を仕掛け放題じゃない」

『はぁ⁉』

あまりにもお手軽な対処方法に、皆が唖然となるのも仕方ないことだろう。しかし、これは事実であったりする。


あのね、アンデッドは操られているだけなの。単体では何もできないの。

だから『倒す』のではなく、『動かしている奴を見付ければいいだけ』なんだよ、マジに。

アンデッドが脅威とされているのは『不死』という一点に尽きるが、それは倒すことを考えた場合のこと。隔離や動きを阻害しておいて、元凶（＝操っている奴）を〆ればいいだけだ。

「魔術師ならば、魔法を行使している状態の術者を探せるでしょ。アンデッドの出現中、魔術師科の生徒達全員で魔力を探れば、すぐに見つかると思うよ」

――操っている以上、術者は必ず近場に居るからねぇ。

そう締め括ると、その場に居た全員がはっとした表情のまま沈黙し。

「よし！　今度は死霊術師……いや、変態の討伐だ！　野放しは拙い！」

「確か、教科書に粘性の高い樹液とか載ってなかったっけ？」

「落とし穴を掘って、そこにネズミ捕りの仕掛けを施そうぜ！　俺も作ったことがあるし、人数がいれば粘着剤の大量製作も余裕だ。何人か一緒に来い、材料をすぐ近くの森で採って来る！」

即座に、生徒達は行動を開始した。死霊術師は一般的には脅威なのだ……その『脅威』に対する意外な『死霊術師攻略法』を知った以上、試してみたくなるのが人である。

「魔術師科は騎士達に組んでもらって散らばれ！　アンデッドが目撃され次第、全員に通達！」

「騎士科の生徒は、魔術師科の連中が死霊術師を見付けるまで応戦。こっちの目的を悟らせるな！隙を見てアンデッドを誘導、落とし穴に蹴落とすんだ！」

次々に対応を決めていく生徒達に、リクル子爵達は呆気に取られたまま。

「本当に……この学園の生徒達は頼もしいですな」

騎士様方よ、そう思うならば生温かい視線を向けるのは止めれ。


……で。


『変態撲滅作戦』と称された策は見事に成功し、死霊術師はあっさりと捕まった。その際、散々変態呼ばわりされたことでお怒りのようだが、事実なので全員がスルー。

「何故、貴様達は死霊術師やアンデッドを恐れない！　誰もが畏怖する存在だというのに、その恐ろしさが理解できないのか！」

「黙れ、変態。百歩譲って人形遊びなら個人の趣味と許せるが、わざわざ死体を動かしている時点で、お前達の性癖が気色悪いだけだろうが！」

生徒の一人が吐き捨てると、周囲の子達が同意するように頷いた。一緒に捕獲された変態のお仲間達――盗賊達もこう呼ばれた――はこちらを睨み付けるが、生徒達は冷たい目を向けるだけ。

こいつらは犯罪者でなく、世に放ってはいけない変態として捕獲されたのだ。未来の騎士や魔術師からすれば、奴らに向ける感情は恐怖ではなく『嫌悪感』。

ただ、何の説明もされなければ意味が判るまい。自覚のない変態は色々と煩いしな。

「ハワード君」

「はい」

パチン！　と指を鳴らすと、スタンバイしていたハワード君が小さめの人形を持って現れた。

「いい？　この人形がアンデッド……死体の代わり。そして、ハワード君が操っている術者だ」

私の言葉を受け、ハワード君が魔力で人形を動かす。一体だけという状況に加え、彼自身の優秀さもあって、その動きも実にスムーズである。

「人が自分の手で操るか、魔力で操るかの違いしかない。そして、あんた達は『わざわざ』死体を掘り起こして人形の代わりにする変態。いいか、自分達のやっていたことをよく思い出せ」

「う……」

反論できないのか、悔しそうな変態ども。

「しかも、それを誇らしげにしていた『痛々しい存在』が死霊術師様。どうした変態、反論があるなら聞いてやるぞ変態、第三者から見たあんた達は誰が見ても『いい歳をしてお人形遊びに興じる痛い奴』。……で？　どうして怖がれと？　いいとこ、変質者とか変態が気色悪いだけだが？」

「う……うわぁぁぁぁぁっ！　止めろぉぉぉぉ！」

「貴様、人の心がないのか！」

「性癖がヤバい犯罪者に言われたくはない」

ばっさりと切り捨てれば、漸く自覚したらしい変態筆頭――死霊術師が撃沈した。恥ずかしく思うならば偉そうに語るなよ、変態が！

「まったく、騒がしい方達ですわね」

「皆様の耳障りになるでしょ！　聞かれないことは黙ってなさい！」

そんな会話を続ける私達の近くでは、簀巻きにされた変態の一人――隙を見て、襲撃を仕掛けてきた奴だ――がアリスを始めとする女子達から蔑みの眼差しを向けられている。

うん、一矢報いたくて拠点の女子生徒達を狙う気持ちも判るよ。人質にできるもんね！

ただし、裕福な商家の娘であるアリスは家族に溺愛される一方で、幼い頃から『変質者に容赦はするな！』と躾けられており、背後を取られそうになった際、たまたま手にしていた薪で一撃を見舞っている。中々に容赦がない。

アリス曰く『民間人の私から見ても気持ち悪い人達じゃないですか！　駄目です！　皆様に近寄らせません！　いいえ、目に映ることさえ許し難いです……！』とのこと。

今回、同行している女子生徒はケイト嬢も含め、アリスと仲良くしてくれている子ばかり。そして先日の一件以来、アリスは自分と友人関係を築いてくれる彼女達にとても感謝していた。

そんなアリスからすれば、ヤバい性癖の変質者が彼女達に近寄るなど言語道断。

襲われる恐怖よりも怒りと嫌悪、そして『守らなければ！』という使命感が勝った結果です。

そして、女子生徒の一人である辺境伯のご令嬢は騎士科の一員として、先日の学園防衛戦にも参加している『戦える系の令嬢』！　アリスが作った隙を逃さず、見事な体術で襲撃者を地に転がし、喉元に剣を突き付けた模様。

その後は現状の通り簀巻きにされ、騒動を聞きつけてやって来た騎士達にちょっと引かれながらも、女子生徒達による精神的なイビリが展開されていた。女子生徒と侮っていた分、この状況は襲撃者（笑）にとって予想外だったに違いない。

まあ、いつまでも遊んでいることはないよね。ここは『誰でも簡単！　手軽にできる尋問』を生徒達に教えようじゃないか。

「皆、私が全員に持つように言った大きめの布は持っている？　授業の時は応急処置や固定するための道具として紹介したけど、今回はそれを使った尋問を紹介するね」

骨折した腕を吊ったり、血や汗で手が滑らないよう縛ったりと、大活躍な丈夫な布。熱が出た時とかも水に浸してから氷結させれば、簡易の冷却シートですよ。

かなり大きなそれを、私は事前に皆に渡している。その時は前述した使い方だけを教えたけど、実はもう一個優れた使い道があるのだ。

「題して『誰でも簡単・安全！　楽しい尋問の仕方』。まずはこれを顔を覆（おお）える程度に畳み、水で濡らします。そして……こうする！」

びたーん！　という言葉がぴったりなほど、濡れた布は勢いよく死霊術師の顔に貼り付いた。

「……っ」

「人は呼吸をしなければ生きていけません。このように濡らすことで布の隙間を失くし、呼吸を困難にできるのです。そして……」

顔から布を剥がすと、荒い呼吸のまま私を睨みつけて来る死霊術師。

「き……貴様……っ……何を……」

「はい、もう一度ー」

「な⁉」

再び、勢いよく布を死霊術師の顔に貼り付ける。

「これを繰り返すことにより、呼吸がままならず酸素不足に陥ります。この時点で、苦しさから自供するならそこで終了。まだまだ頑張るならば、意識が朦朧（もうろう）とするまで繰り返した後、精神系の魔法を使えば、かかる可能性が格段に上がります」

この世界、精神系の魔法も幾つかは存在する。ただし、これは通常の状態だとほぼかからないので、あまり使い勝手が良くはないらしい。ゆえに、薬などと並行して使うのが常だそうな。

薬の過剰摂取になっても困るので、これらの場合は医師の指導が必須。よって、騎士団とかじゃないとこの手は使えない。普通は使用できない手段である。

生徒達は薬なんて使えないし、こういった手を使える立場でもない。……が、『精神系の魔法が効きやすい状況』（意訳）を作り上げることで、薬を使わずとも尋問が可能というわけ。

大丈夫！　騎士寮面子にも大絶賛された安心・安全な方法だから！

騎士ズには『お前ならではの方法だよな』と呆れられたけど！

「覚えていて損はないよ。窒息死することだけは気を付けなければならないけど、怪我をさせるわけじゃないから、抗議されても『暴力を振るっていないし、薬を使ったわけじゃない』という言い分が通る。調べられても本当だしね。まあ、文句を言われたら『魔導師に習いました』で通しなさい。『世界の災厄』が教えたにしては、随分と平和な方法じゃないの」

必要な尋問であっても、一歩間違えるとこちらが訴えられてしまう。ならば、訴えられない方法を考え出せばいいだけだ。

しかも、生徒達は『魔導師に習いました』という言い分が使えてしまう。私の所業を知る人からすれば、『確かに怪我をしていないし、社会的に殺されたわけでもない』という、なんとも平和的な方法として受け取られることだろう。

私は転がされている変態どもに目を向けた。奴らも私の視線に何かを察したのか、顔を引き攣らせて、距離を置こうとする。

……そして。私は変態どもへと爽やかな笑顔を向けた。

「というわけで！　皆さんお待ちかねの、実習のお時間です……！」

『はい！』

生徒達は早速、生贄……じゃなかった、捕らわれた変態どもに群がった。はは、文句など言わせるものか。貴様らは村を襲おうとしたじゃないか。

「ちょ、放せ！　やめろぉぉぉぉっ」

「貴様らは悪魔かぁぁぁぁっ」

変態どもの悲痛な声が響く中、ドン引きする騎士達をよそに、生徒達は嬉々として実習に興じていった。当然、今回は女生徒達も参加です。

「その……魔導師殿？　賊達が恐怖に慄いているような気がするのだが……」

「気のせいです。それに、少しは恐怖体験でもした方が大人しくなりますって」

「う、うむ」

少しくらいは萎びた方がいいんですよ。って言うか、犯罪者どもが被害者ぶるんじゃない！

※※※※※※※

その後も順調に野外訓練を終え、片付けをしっかりやった後、私達は帰路についた。

最後の食事はお世話になった騎士達やリクル子爵家の人達も交えて、庭でバーベキュー。交流するもよし、食事をするもよし、騎士達に質問するもよしという、打ち上げ的な食事会になった。

ケイト嬢達は家族に学園の友人達を紹介したり、お互いの健闘を称え合ったりと、中々に楽しい一時になった模様。

なお、帰る直前に学園側からリクル領の人達へと援助物資が届いたので、ケイト嬢達も一緒に学園に戻ることになった。リクル領の代表として、直接、皆にお礼が言いたいらしい。

「学園に戻ったら、今回の野外訓練は終了です。家に帰る子もいるだろうし、レポート提出は休み明けが期限だよ。まあ、学園に残った子達の行動も気になるだろうし、そのまま学園でレポートを纏めてしまってもいいかもね」

後方支援に徹してくれた子達も立派な参加者です。皆のレポートが揃い次第、改めて今回のことを振り返る授業が行なわれることだろう。

と、言うか。

先生達がこの野外訓練を元にした授業をする気満々なので、今回の反省点を活かした第二回が開催される気配があるんだよなぁ……。生徒達の意識も変わってきているみたいだし、今後は益々、他の学園と差が付いていくのかもしれない。
——こうして、リクル領の危機……という名の野外訓練は幕を閉じたのだった。

ArianRose
アリアンローズ

魔導師は平凡を望む　32

＊本作は「小説家になろう」（https://syosetu.com/）に掲載されていた作品を、大幅に加筆修正したものとなります。
＊この作品はフィクションです。実在の人物・団体・事件・地名・名称等とは一切関係ありません。

2024年1月20日　第一刷発行

著者 …… 広瀬 煉

イラスト …… ⑪
発行者 …… 辻 政英
発行所 …… 株式会社フロンティアワークス
〒170-0013　東京都豊島区東池袋3-22-17
東池袋セントラルプレイス5F
営業　TEL 03-5957-1030　FAX 03-5957-1533
アリアンローズ公式サイト　https://arianrose.jp/
装丁デザイン …… ウエダデザイン室
印刷所 …… シナノ書籍印刷株式会社